tredition®

www.tredition.de

AF185208

Elisabeth Held

Zum Sterben habe ich keine Zeit

Vierzig Jahre überfällig

www.tredition.de

© 2017 Elisabeth Held
held-elisabeth@gmx.de

Lektorat, Cover: Dr. Matthias Feldbaum
Coverabbildung: Masson/Fotolia

Verlag: tredition GmbH, Hamburg

ISBN
Paperback: 978-3-7345-9492-2
Hardcover: 978-3-7345-9493-9
E-Book: 978-3-7345-9494-6

Printed in Germany

Bibliografische Information der Deutschen Nationalbibliothek: Die Deutsche Nationalbibliothek verzeichnet diese Publikation in der Deutschen National-bibliografie; detaillierte bibliografische Daten sind im Internet über http://dnb.d-nb.de abrufbar.

Inhalt

Prolog 7

Meine Zeit 8

Eine Frage 10

Mein Weg 12

Ankunft in Deutschland 15

Albtraum 18

Kraft 19

Warum ich? 20

Heimweh 22

Rezidiv 24

Die Endo-Klinik 25

Die Endoprothese 26

Mein neues Leben 33

Das Ziel verfolgen 38

Glück als Medizin 48

Südamerika 56

Kolumbien 59

Ein Haus 61

USA 63

Ist noch jemand wie ich? 66

Jahre unterwegs 67

Andere Länder 68

Endlich für immer zu Hause 73

Neues aus der Medizin 76

Wie ein Baum 78

Der Weg ging weiter 80

Israel 83

Ägypten 86

Neue Umgebung 89

Ein gebrochener Finger 96

Zwischenbilanz 100

Der Richtige für mich 102

Der Zahn der Zeit 114

Loslassen, ohne aufzugeben! 124

Ausgesprochene Besonderheit 136

Epilog: Die Antwort auf die Frage 138

Prolog

„Haben Sie schon einmal daran gedacht, ein Buch darüber zu schreiben?"

„Ja, das habe ich. Aber ich weiß nicht, wie ich es anfangen soll."

„Genauso!", sagte die reizende Dame, „Hauptsache, Sie fangen endlich an!"

Sie hatte keine Bücher geschrieben, aber sie hatte viele schöne Sachen mit ihren Händen geschaffen. Dinge, die während ihres langen Lebens Spuren hinterlassen haben, und die sie in Form von Geschichten, Bildern und Anekdoten mit mir geteilt hat.

Vor einigen Jahren, als wir uns kennenlernten, war sie schon über 90 Jahre alt. Ich besuchte sie alle 14 Tage und ging mit ihr spazieren. Oder wir redeten einfach über dieses und jenes. Sie war vor vielen Jahren erblindet, und in ihrer Nähe verstand ich immer besser, dass das Licht nicht nur außen, sondern in uns ist, egal was für dunkle Momente wir erleben im Laufe unseres Lebens.

Meine Zeit

Ende 1974 ließen mich die Ärzte verstehen, dass meine Zeit abgelaufen sei. Eine Amputation meines linken Arms wäre vielleicht ein Weg, mein Leben zu retten. Oder zu verlängern. Aber sicher sei das nicht.

Ich war 19 Jahre alt und hatte gerade angefangen zu leben. Und das sollte jetzt schon wieder zu Ende sein. Wenn wir Glück hätten, würden wir alle noch gemeinsam Weihnachten feiern können. Es war Oktober, also noch knapp 3 Monate.

Das sagten sie dann wieder 1975, 1976, 1978 ... und eines Tages sagten sie, ich würde schon lange über meine Zeit leben. Ich hätte mehr als Glück.

Als ich das damalige Todesurteil hörte: „Sie haben einen der bösartigsten Knochentumore, den es gibt – ein Ewing-Sarkom. Hier in Kolumbien gibt es wenig Therapiemöglichkeiten, am besten, Sie gehen ins Ausland, dort vielleicht ...". Endlich ins Ausland, war mein erster Gedanke. Aber Sterben? Nein, dafür habe ich keine Zeit. Ich muss die Welt noch sehen.

Jeder, der schon einmal etwas über ein Ewing-Sarkom gehört hat, weiß, was das bedeutet ...

Kurz gesagt: *Ewing-Sarkome* sind bösartige, meist vom Knochen ausgehende Tumoren. Die Krankheit ist selten und trifft vor allem Kinder und junge Erwachsene zwischen 10 und 25 Jahren. Am häufigsten sind das Becken und die Oberschenkelknochen betroffen, aber auch andere Stellen können befallen werden. Das Ewing-Sarkom hat die Eigenschaft, sich sehr schnell auszubreiten und sein ungebremstes Wachstum würde innerhalb von Monaten zum Tode führen. Behandeln lässt es sich erst seit etwa 30 Jahren. Eine Chemotherapie allein reicht heute wie damals nicht aus. Der Tumor muss herausoperiert oder bestrahlt werden. Ist die Krebserkrankung überstanden, heißt das aber leider noch nicht, dass der Patient komplett gesund ist. Es kann viele verschiedene Spätfolgen geben.

Ich habe weder vor ein Sachbuch zu schreiben noch einen Ratgeber. Ich biete weder eine Lebensformel noch eine Diät noch eine Strategie oder einen Weg an, den man verfolgen könnte, um geheilt zu werden. Ich möchte nur über mich und meine Erfahrungen sprechen, die ich jetzt, nach langer Zeit des Sammelns, nach über 41 Jahren leben mit dem Ewing-Sarkom und seinen Nebenwirkungen, den interessierten Lesern mitteilen möchte.

Seit damals trage ich keine Uhr; ich lebe meine Zeit und nicht umgekehrt. Ich habe *meinen Krebs* in mein Leben integriert und bin so meinen Weg weitergegangen. Manchmal kam *er* mir vor, wie ein schlechter Wegbegleiter, den ich nicht loswerden kann. Aber dadurch bin ich die Frau geworden, die ich jetzt bin, sehr dankbar und glücklich.

Eine Frage

Ich dachte, ich hätte in meinem jungen Leben schon genug Trauriges erlebt. Aber das war wohl ein Irrtum.

Meine leibliche Mutter kannte ich nicht, stattdessen lebte ich bis zu meinem vierten Lebensjahr bei meiner über alles geliebten Oma. Aber dann entschied mein Vater, dass ich besser im Kreis meiner anderen Geschwister und meiner Stiefmutter leben solle. Er nahm mich mit in ein neues Zuhause und brach dabei meiner Großmutter und mir das Herz.

Meine Verehrer sagten mir häufig, dass meine grünen Augen schön seien. Doch Schönheit ist Ansichtssache. Ich war immer viel zu sehr damit beschäftigt, mich in meiner Welt aus Schatten und Verdopplung zurechtzufinden, da blieb für Gedanken an Schönheit kaum Raum. Mein linkes Auge hat weniger als 20 % Sehkraft, das hat mir meine Kindheit verdunkelt. Mit dem anderen Auge sehe ich manchmal doppelt. Beide Augen wurden operiert, als ich ungefähr 5 Jahre alt war. Darauf folgte eine jahrelange Therapie.

Eine der schlimmsten Erinnerungen ist, wie mir mein besser sehendes Auge mit Heftpflaster zugeklebt wurde und mir die Lehrerin in der Schule den Sitzplatz in der letzten Reihe zuteilte, damit das andere Auge sehen lernte. Aber mein linkes Auge hat es bis heute nicht gelernt.

Nach der Schule trug ich zu Hause die schwarze „Piratenaugenklappe". Ich weinte viel, und wenn niemand mich sah, hob ich diese Augenklappe einfach ein wenig an, damit ich überhaupt etwas sehen und meine Hausaufgaben erledigen konnte.

Es war nicht einfach, die gleiche Leistung zu erbringen wie meine Schwester, denn ich fehlte mehrmals pro Woche im Unterricht. Aber das interessierte außer meiner Großmutter niemanden.

Als ich zu verstehen begann, was mein Sarkom wirklich bedeutete, fragte ich Gott: „Hast du für mich nichts Besseres gehabt als Knochenkrebs?"

Die Antwort erhielt ich erst viel, viel später.

Mein Weg

Man kann es Schicksal nennen, Karma, Wunder oder sonst wie. Ich nenne es *Meinen Weg*.

Dass ich alles zugelassen, akzeptiert und frei entschieden habe, ist mir erst mit der Zeit bewusst geworden. Nicht immer waren meine Entscheidungen richtig, auch nicht immer zeitlich passend. Aber aus dem Erlebten zu lernen ist Erfahrung. Ich bin immer verantwortlich gewesen für mein Handeln. Leider war ich nicht immer so selbstsicher, wie ich es heute bin. Ich war ein ängstliches kleines Kind, ein unsicherer Teenager, eine junge Frau voller Wut, Trauer und Minderwertigkeitskomplexen: Fast ein ganz normaler Mensch!

Hiermit erzähle ich eine Geschichte. Meine Geschichte.

Von dem Tag an, an dem mein Vater erfuhr, dass ich an einem Ewing-Sarkom erkrankt war, veränderte er sich vollkommen. Es kam mir vor, als habe er jetzt erst erkannt, dass er Vater einer erwachsenen Tochter sei, und dass er diese Rolle endlich mit Verantwortung, Liebe und Fürsorge annehmen müsse. Er ging mit mir zu den besten und renommiertesten Orthopäden unserer Stadt, Medellín. Ich hörte, wie er mit den Ärzten diskutierte, sah oft seine geröteten Augen hinter seinen Brillengläsern.

Ich war mir über die Ernsthaftigkeit meines gesundheitlichen Zustandes nicht im Klaren, aber manches gab mir zu denken:

Mein Vater wurde zu einer Art persönlichem Taxiservice, nur für mich. Er brachte mich zu Partys oder in Discos und holte mich auch wieder ab. Das gab es vorher noch nie! Und ich konnte so lange bei meiner Großmutter bleiben, wie ich wollte. Er war immer sehr besorgt über mein Wohlbefinden.

Als eine Biopsie unter Narkose durchgeführt wurde, schlief er diese Nacht im Krankenhaus. Er saß auf einem Sessel und hatte den Kopf auf mein Bett gelegt. Man konnte denken, er wolle mich nicht loslassen. Als die Kobaltbestrahlungen anfingen, begleitete er mich jedes Mal ins Krankenhaus und klärte mich über die Nebenwirkung der Chemotherapie auf. Vor der ersten Bestrahlung wurden mir zwei kleine Punkte an die betreffende Stelle tätowiert, ungefähr 16 cm unterhalb des linken Schultergelenks. Für die Kobaltbestrahlung brauchte man damals sehr schwere, fest montierte Geräte und *zufällig* gab es ein solches in der Uniklinik meiner Stadt. In Deutschland hatte fast jedes Krankenhaus eines.

Magenkrämpfe und Haarausfall machten mir Sorge. Ich hatte heimlich in einem Medizinbuch über dieses Ewing-Sarkom gelesen. Verstanden habe ich nur, dass es keine Heilung gib, sich schnell Metastasen entwickeln und die Krankheit in wenigen Monaten mit dem Tod endete. Das hat in mir eine große Traurigkeit ausgelöst, von Depressionen sprach damals noch niemand. Ich habe tagelang geweint. Irgendwann aber habe ich angefangen, mich auf die bevorstehen Reise nach Deutschland zu freuen, die für Januar 1975 angesetzt war. Ich nahm Deutschunterricht und lernte im Eilverfahren, was in der Kürze der Zeit möglich war, nämlich nicht viel!

Mein Vater, der nie Zeit für mich oder meine Sorgen gehabt hatte. Der mir das Herz gebrochen hatte, als er mich von meiner Großmutter, bei der ich meine frühen Jahre verbrachte, trennte. Der Vater, der nie die dunkle Schwere meines Lebens verstanden hatte, der es nicht verstanden hatte mich zu schützen. Der Vater, der mich ständig mit meinen Geschwistern verglichen hat und der mir vorgehalten hatte, wie gut sie alles machten. Der Vater, der nicht auf meine Abiturfeier gekommen war, weil sein Interesse an mir immer zu gering gewesen war, an allem, was mit mir zu tun hatte. Dieser Vater ließ nun mit einem Mal alles stehen und liegen: meine Geschwister, seine Frau, seine Fabrik, sein Verkaufsbüro, seine Geliebte. Dieser Vater flog mit mir auf unbestimmte Zeit nach Hamburg, mit dem einen Ziel: alles, wirklich alles Mögliche für mich und meine Gesundheit zu tun.

Ich glaube nicht, dass ich zur richtigen Zeit am richtigen Ort war, als der Bus so stark bremste und sich diese unbekannte Frau an meinen Arm klammerte. Der schmerzte danach so sehr, dass ich ein paar Tage später zum Arzt musste.

So fing alles an!

Ich weiß nicht, ob das Sarkom aufgrund der Schmerzen entdeckt wurde, oder ob dieser Vorfall im Bus es erst *erweckt* hat. Erstaunlicherweise wurde auch gleich die richtige Diagnose gestellt, was nicht selbstverständlich ist. Oft kommt es vor, dass diese Krankheit mit einer anderen verwechselt wird, deshalb falsch behandelt wird und so wertvolle Zeit verloren geht.

Ankunft in Deutschland

Es war Januar 1975 und mein Vater war mit mir vor einigen Tagen in Hamburg angekommen. Aus medizinischer Sicht wären auch die USA infrage gekommen, doch die Entscheidung für Deutschland fiel nicht schwer. Vielleicht, weil mein Vater hier geboren war und unsere Wurzeln hier liegen. Vor allem aber, weil Johann, der deutsche Ehemann meiner ältesten Schwester, uns seine Hilfe anbot und wir bei seiner Familie wohnen konnten.

Ja, ich war endlich im Ausland!

Die frühere Hamburger Bundestagsabgeordnete Irma Blohm, die 1975 als Mitglied des CDU-Parteivorstandes gesundheitspolitisch noch sehr engagiert war, stand uns von Beginn an gemeinsam mit ihrer Tochter zur Seite. Sie hatten von meiner schweren Krankheit durch Bekannte erfahren und ohne langes Zögern ihre Hilfe angeboten.

Frau Blohm nahm eine wichtige Rolle in meinem Leben ein. Es war ihre freundliche und selbstbewusste Art im Umgang mit allem, ihre Herzenswärme, die mich oft tröstete und mir Zuversicht gab, dass am Ende alles gut werden wird. Sie hat mir viel Kraft gegeben in jener Zeit. Ihre Tochter Almuth Never-Funk hatte eine natürliche, positive und freundliche Ausstrahlung. Sie war genauso hilfsbereit und fürsorglich wie ihre Mutter.

Sie brachten mich ins St.-Georg-Krankenhaus zu Professor Buchholz und später in die Endo-Klinik. Hans-Wilhelm Buchholz war ein Spezialist für Gelenkendoprothetik und gilt als Pionier der Gelenkersatzchirurgie in Deutschland. 1976, nach seiner Pensionierung und während meiner Zeit in Hamburg, gründete er die dortige Endo-Klinik, eine Spezialklinik für Endoprothetik und Wirbelsäulenchirurgie, in der ich dann weiter behandelt wurde. Aber dazu später mehr. Alle Termine und Vorstellungsgespräche bei ihm haben wir durch Irma Blohms Hilfe bekommen, denn sie kannte seine Arbeit auf dem Gebiet der Gelenkersatzchirurgie.

Sie betreuten mich in der Zeit vor und in den Jahren nach der Endoprothese. Ich werde diese beiden Damen mit größter Dankbarkeit immer in Erinnerung behalten. Einmal sagte Frau Blohm zu mir: „Wenn all die Macht und Beziehungen, die ich hatte, geholfen haben, dein Leben zu retten, dann hat meine Arbeit schon einen Sinn gehabt."

Die ersten paar Monate blieb mein Vater bei mir. Die Strahlen- und Chemotherapie, die ich in Kolumbien Ende 1974 angefangen hatte, führte ich 1975 in Deutschland weiter. Wenn wir Zeit hatten zwischen Krankenhaus und Arztterminen, gingen wir ins Museum, spazieren oder fuhren auch mal in die damalige DDR. Er wollte so viel wie möglich mit mir unternehmen. Leider hatte ich kein Interesse und außerdem war es bitterkalt. Ich war 25–28 °C gewohnt und in Deutschland herrschten im Januar und Februar deutlich andere Temperaturen.

Später war ich ihm dafür dankbar, dass er mich nicht in meine Traurigkeit und Lustlosigkeit hat fallen lassen, sondern mit mir vieles unternahm – Ablenkung war sehr wichtig.

Mit Marisa, meiner ältesten Schwester, hatte ich anfangs etwas Gesellschaft. Sie kaufte mit meinem Vater Bücher und Musik für mich, damit ich keine Langeweile bekam. Sie blieb einige Wochen, dann war sie schon wieder weg. Sie hatte vor Kurzem ein Baby bekommen und es war selbstverständlich, dass sie ihren Mann nicht lange mit dem Kleinen alleine lassen wollte.

Als es soweit war, dass mein Haar ganz ausfiel, gab mein Vater mir Geld für die schönste und teuerste Perücke, die ich finden konnte, wie er sagte. Wir hatten beide Tränen in den Augen. Ich hatte ihn noch nie so nah an meinem Herzen gefühlt wie damals, und auch danach nie wieder. Ich glaube, in diesem Moment haben wir verstanden, wie nah ich dem Tod in dieser Zeit war. Mein bösartiger Tumor hat uns einander nähergebracht. Ich empfand etwas wie Versöhnung und eine Art Wiedergutmachung des Lebens.

Ich bat ihn nach Hause zurückzufliegen. Außer Warten konnte er nichts mehr für mich tun. Ich war in allerbesten Händen, der besten ärztlichen Betreuung und im Kreise der Familie meines Schwagers Johann.

Das Leben ging weiter und zu Hause wartete alles auf ihn.

Albtraum

Wie könnte man eine Chemotherapie beschreiben? Telekobaltbestrahlung, Haarausfall, Depressionen, Selbstmordgedanken, Ängste, Schmerzen, Einsamkeit, dazu Tausende Kilometer entfernt von zu Hause?

Ganz einfach: Es war die Hölle.

Ich konnte kein Deutsch und so hatte ich niemanden, mit dem ich über diese Gefühle wirklich sprechen konnte. Stattdessen schrieb ich Briefe: an meinen Vater, meine Familie und meine Freunde. Aber ein Brief brauchte fünf bis acht Tage, und dann musste die Antwort ja noch geschrieben werden, was noch einmal fünf bis acht Tage Warten bedeutete.

Ein Telefonanruf wurde damals noch angemeldet. Mit viel Glück wurde man relativ schnell verbunden, aber in der Regel musste man sich auf Stunden des Wartens einstellen. Und wenn der andere Teilnehmer dann nicht zu Hause war, war das Warten umsonst.

Kraft

In großer Not schöpft der Mensch Kraft aus vielen Quellen:

Eine junge Mutter zieht Kraft aus der Liebe zu ihrem Baby und wird damit versuchen den Krebs zu überleben.

Ein Familienvater aus der Liebe zu seiner Familie.

Eine Tochter aus der Liebe zu den Eltern.

Eine Braut aus der Liebe zu ihrem Bräutigam.

Eine Künstlerin aus Liebe zur Kunst …

Die Liebe ist die Kraft.

Woher nimmt man die Kraft zu überleben, wenn keine Mutter da ist, wenn der Vater einen erst zu spät wahrgenommen hat, die Geschwister einen nie richtig akzeptierten, wenn man in einem fremden Land ist, ohne dessen Sprache zu beherrschen, keine psychologische Betreuung erfährt, keine Freunde in der Nähe sind, an deren Schulter man weinen könnte?

Ich schaute in den Spiegel und sah ein Gesicht mit Tränen in den Augen und eine Glatze. Kein einziges Haar war mir geblieben. Ich erkannte mich nicht.

Aber es gab dennoch etwas, das mir Kraft, viel Kraft gab.

Das Wissen, dass alle anderen ohne mich leben könnten, und dass sie mich eines Tages, wenn genug Zeit vergangen sein würde, vergessen haben würden. *Ich aber könnte nicht ohne mich sein!*

Es war die Liebe zu mir selbst; ich wollte für mich leben.

Warum ich?

Ich fühlte, dass es eine Macht gibt, die alles kann und alles weiß. Morgens aufzuwachen war schon ein Geschenk. Bloß an manchen Tagen hätte ich dieses Geschenk am liebsten gar nicht ausgepackt und stattdessen einfach aufgehört zu existieren.

An anderen Tagen dachte ich wieder, diese allmächtige Kraft würde mir helfen alles durchzustehen, oder, wenn es mir zu viel würde und *ich einfach nicht mehr konnte oder wollte*, dann würde sie mich erlösen und zu sich nehmen und dann wäre alles gut.

Akzeptieren, nicht resignieren. Loslassen, ohne aufzugeben.

Eine neue Lebenseinstellung, eine innere Haltung, eine Überzeugung, die das Herz und nicht der Kopf annimmt. Ich war dazu bereit, denn, wenn man die Hände nicht öffnet, bekommt man auch nichts hineingelegt.

Etwas, das mich von Tag zu Tag erfüllte und beruhigte.

Damit war für mich die Frage geklärt: *warum ich*?

Manche Menschen – und das galt auch für mich – werden sehr sensibel und empfänglich. Ihre Sinne schärfen sich, und sie nehmen alles verändert wahr. Ihre Prioritäten ändern sich. Das Leben wird intensiver gelebt, denn jede Minute ist unglaublich kostbar. Es sind viele glückliche Augenblicke, Worte, Menschen, Musik, Bücher, Details, die mit einem Mal große Bedeutung erlangen. Pläne kann man ja nicht mehr viele machen, also blieben vor allem die Augenblicke.

Die Gefühle wechselten täglich: Traurigkeit, Wut, Dankbarkeit, Ärger, Schreck, Angst ... Alle diese Gefühle kennenzulernen war sicher gut, sie alle gehören zum Leben dazu.

Ich musste weder tapfer sein, noch kämpfen oder sonst etwas dergleichen; wozu auch? Niemand brauchte mich. Ich konnte einfach *ich* sein und je nach Gefühlslage, durfte ich ein Häufchen Elend mit einer Glatze sein!

Heimweh

Dass es ein Wort für das Gefühl gab, das Menschen empfinden, wenn sie fern ihrer Heimat sind, wusste ich damals noch nicht. Dieses Wort ist *Heimweh*. Diese Sehnsucht nach der vertrauten Umgebung, nach einheimischem Essen, den Früchten, die nur in der Heimat wachsen, den Blumen, die nur dort blühen, Farben, Gewürzen, Menschen, Musik, Sprache, Traditionen und so vieles mehr.

Ich vermisste meine Heimatstadt Medellín so sehr.

Die Stadt liegt in einem Tal, umgeben von den Anden, weswegen sie auch die *Hauptstadt der Berge* genannt wird. Wegen der vielen Blumen, besonders der Orchideen, trägt sie den Namen *Hauptstadt der Blumen* und wegen ihres Klimas *Hauptstadt des ewigen Frühlings*.

Wir lebten in einem privilegierten Stadtteil, gingen die ersten Schuljahre in eine katholische Privatschule, und unsere Nachbarn waren Ärzte, Anwälte, Geschäftsleute, auch einige Ausgewanderte oder deren Nachkommen, unter ihnen Italiener, Deutsche wie wir …

Die Familien waren sehr groß: acht, zehn, vierzehn Kinder waren normal, entsprechend war die Größe der Häuser. Wenn man eine Freundin besuchte, waren gleichzeitig vier ihrer fünf Geschwister auch dabei.

Der katholische Glaube hat das Familienleben sehr beeinflusst. Am Wochenende gingen die Familien in den Gottesdienst. Keiner unserer Freunde aus der Nachbarschaft hätte es gewagt, ohne den Segen von Vater oder Mutter aus dem Haus zu gehen. Abends wurde in vielen Familien der Rosenkranz gebetet. Ein paar Mal im Monat trafen sich die Frauen und machte Handarbeiten, die sie auf dem Kirchenbasar für gute Zwecke verkauften. Es gab oft Kinderkommunionen, Geburtstagsfeiern, Hochzeiten, Abiturfeiern. Jede Woche gab es Grund zu feiern und tanzen.

Ansonsten ging man in den Country-Club, Tennisverein oder zur eigenen Finca. Manche Fincas waren Kaffeeplantagen. Kaffee hatte damals eine sehr große Bedeutung, und uns allen war bekannt, dass der kolumbianische Kaffee zu den weltbesten gehörte. Andere Fincas waren Blumenplantagen oder einfach reine Erholungsorte, an denen man reiten oder schwimmen konnte.

Im letzten Schuljahr vor dem Abitur musste jeder Schüler eine bestimmte Anzahl an Alphabetisierungsstunden oder anderer sozialer Arbeit etwa im Krankenhaus vorweisen. Für die Alphabetisierung fuhren wir von der Schule in Gruppen in die ärmsten Stadtviertel, wo wir Kindern in den kleinen Kirchen das Lesen und Schreiben beibrachten. Es gab Schüler, die große Körbe mit Essen und Medikamenten an die Menschen in den Blechhütten der Slums verteilten. Niemandem ist dabei etwas passiert! Die Leute waren dankbar.

Der Stadt hatte eine Millionen Einwohner, mehre staatliche und private Universitäten, eine deutsche Schule, Museen, Discos, Theater.
Bettler und Straßenkinder gab es leider auch, und wie in jeder anderen Großstadt gab es Kriminalität, nicht mehr aber auch nicht weniger. Auf seine Tasche und seinen Schmuck musste man immer aufpassen.
Es war das Medellín der Mitte der 70-Jahre, an das ich mich erinnerte, und nach dem ich Heimweh hatte.

Rezidiv

Meine Therapie war zu Ende, jetzt blieb nur noch das Warten auf die Kontrolle alle drei Monate.

Ich wollte nicht mit Perücke nach Hause zurückkehren. Die Ärzte sagten, mein Haar würde wieder wachsen. Anfangs hatte ich jedoch meine Zweifel.

Na gut, dachte ich, *vielleicht stimmt es. Haare wachsen auch noch, nachdem ein Mensch gestorben ist*, und ich war dankbar, dass ich nicht meine Zähne, sondern meine Haare durch die Chemotherapie verloren habe. Denn ein drittes Mal wachsen Zähne nicht, da war ich mir sicher.

Mein Haar kam schnell wieder, wurde kräftiger, dunkler und welliger.

Ich freute mich auf ein baldiges Wiedersehen mit meiner Familie, nach fast einem Jahr.

Aber es kam alles ganz anders.

Das Resultat der letzten Tumorkontrolle ergab: Tumorrezidiv – der Krebs war zurück.

Ich sollte schnellstens nach Düsseldorf in die Klinik zur Amputation meines ganzen linken Armes. Der Tumor war in meinem Oberarm und es galt keine Zeit zu verlieren.

Meine Entscheidung stand fest, ich hatte sie schon lange vorher getroffen. Zeit zum Denken und Grübeln hatte ich den letzten Monaten genug gehabt.

Ich werde nach Hause zurückfliegen und dort bei meinen Lieben sterben. Körperlich ganz komplett sterben und nicht jedes halbe Jahr ein Stück amputieren lassen. Amputation war keine Garantie auf Heilung.

Die Endo-Klinik

Ich rief Frau Blohm in Hamburg an und erzählte ihr vom Wiederauftreten des Tumors, der Amputation, die sie in Düsseldorf vornehmem wollten, und von meiner Entscheidung, nach Kolumbien zurückzukehren.

Sie sagte: „Komm nach Hamburg, ich bin sicher, du kannst deinen Arm behalten."

Ihre Überzeugung gab mir Hoffnung und Mut. Ich hätte mich nicht getraut, ihr zu widersprechen. Sie brachte mich in die Endoklinik, am 13. Februar 1976, ungefähr 11 Tage nach deren Eröffnung durch Professor Buchholz.

Es war ein ganz neues Gebäude, die modernste Technik, die ich je in einer Klinik gesehen hatte, sehr schöne Zimmer und hier und dort roch es noch nach frischer Farbe und die Handwerker hatten immer noch genug zu tun. Es machte den Eindruck eines eleganten und modernen Hotels mit allem Komfort. Ein Krankenhaus mit einem Schwimmbad, das war mir neu. Ich fühlte mich gleich sehr wohl. Mein Zimmer war ganz oben und ich hatte einen wunderschönen Blick über Hamburg.

Die Endoprothese

Die notwendigen Untersuchungen wurden gemacht. Eine Endoprothese sollte den kranken Knochen ersetzen. Das damit verbundene Risiko kannte niemand so genau, denn es handelte sich hier um einen sehr aggressiven Knochentumor. Ich wusste, dass sogar eine Biopsie schon gefährlich sein konnte. Was würde dann erst so eine große Operation bedeuten?

Egal, wie hoch das Risiko war, mir war es das wert!

Vor einigen Tagen noch wollte ich nach Hause fliegen, um dort zu sterben. Jetzt war ich in der modernsten Klinik für Gelenkersatz und ausgerechnet Professor Hans-Wilhelm Buchholz, Gründer der Klinik und Pionier im Gelenkersatz, interessierte sich persönlich für meinen Fall. Ich empfand alles, was um mich herum geschah, als ein Privileg. Und ich fragte mich wieder: *warum ich?* Aus der Dunkelheit und Trauer darum, zu sterben, ohne richtig gelebt zu haben, wurde plötzlich Hoffnung und Freude.

Es gibt viele Gedanken, die man erst mit den Jahren in Worte fassen kann. Einer, der immer präsent war, ist: *Gott zeigt seine großen Werke an den Kleinen und Demütigen.* Ich konnte das in dieser Welt der damaligen modernen Technik der Endo-Klinik aber nicht richtig zuordnen. Erst einige Zeit später.

Dass alle Menschen um mich herum sich so sehr bemühten, mir zu helfen, dass sogar eine maßgeschneiderte Endoprothese für mich angefertigt wurde, dass ich noch am Leben war, als ob ich nur darauf gewartet hätte, dass die Endo-Klinik fertig gebaut wäre, dieses Gefühl, dass alle Steine auf meinem Lebensweg ausgeräumt worden waren und ich nur noch den Weg sicher zu Ende zu gehen bräuchte.

All das konnte nicht umsonst sein, es hat einen Zweck und ich war ein *kleiner* Teil davon. Damit war schon wieder geklärt: *warum ich?*

Die Nacht vor der Operation konnte ich nicht schlafen. Ich ging zum Schwesternzimmer. Dort hatte ein junger mexikanischer Arzt Dienst in dieser Nacht. Ich freute mich darüber, mich in meiner Muttersprache zu unterhalten, und fragte ihn über diese Endoprothese, von der in der Endo-Klinik alle sprachen, von der ich aber keine richtige Vorstellung hatte.

Eine Prothese war für mich ein Teil aus Metall, kalt und erschreckend, und dass meine Prothese „Endoprothese" hieß, half nicht wirklich, das zu ändern. Aber sie sollte eventuell mein Leben retten und das allein war wichtig.

Der Arzt versuchte mich zu beruhigen.

„Ist es vergleichbar mit einem Autoersatzteil, sagen wir, mit dem Auswechseln von einer Tür, die nicht mehr repariert werden kann?"

„Ja, so ungefähr", sagte er, „aber mit dem Unterschied, dass Sie *kein Auto* sind. Sie haben Gefühle."

Es gab keine Statistik, keine Berichte, keine Erfahrung, nichts Ähnliches oder Vergleichbares mit dieser Operation und diesen Umständen.

Ich war mir der Risiken bewusst. Aber ich hatte nur zu gewinnen: mein Leben!

Eine Amputation wollte ich auf *keinen* Fall und ohne die Endoprothese gab es keine Hoffnung.

Die Operation am nächsten Tag verlief gut. Ich hatte die Augen noch nicht geöffnet und hörte jemanden sagen, ich solle meine Finger bewegen. Das tat ich und alle waren zufrieden und ich durfte weiterschlafen.

Die Schmerzen waren unerträglich, als ob Tausende von Nadeln meinen Arm stechen würden. Ich bekam alle sechs Stunden eine Spritze mit der Warnung, es wäre gut, wenn meine Schmerzen erträglicher würden und ich die Spritze nur noch alle acht Stunden bräuchte.

Die ersten drei bis vier Tage vergingen im wahrsten Sinne des Wortes wie im Traum. Ich wusste nie so genau, ob ich gerade aufstehen oder zu Bett gehen wollte, ob ich gegessen hatte oder nicht. Aber eines wusste ich ganz genau: ob ich meine Spritze bekommen hatte oder nicht. Die Zeit bis zur nächsten Spritze wurde immer schwerer und ich verlangte sie immer häufiger. Die Krankenschwerster sagte, die letzte hätte ich erst vor vier Stunden bekommen und ich sollte lieber warten. Ich erinnere mich, dass ich geschrien habe, dass niemand meine Schmerzen kenne.

Sie gaben mir weiter die Spritze.

Irgendwann, ich hatte kein Gefühl für Zeit mehr und kann nicht sagen, ob es Stunden oder Tage waren, sah ich die Schwester, die das Mittagsessen immer auf einem Tablett brachte, an meinem Fenster vorbei fliegen. Ich wusste, dass so etwas nicht möglich war; mein Zimmer war weit oben und ich hatte einen wunderschönen Blick über die Dächer vom Hamburg.

Ich verstand sofort: Ich war abhängig geworden! Die Spritze enthielt einen Cocktail, dessen Zusammensetzung ich nicht kannte. Ich wollte es auch nicht wissen. Ich beschloss, meine Schmerzen ohne die Spritzen zu ertragen. Durch das Hin und Her zwischen den Entzugserscheinungen und den Schmerzen der Operation, wurde diese Zeit zu meiner unvergesslichen Hölle.

Ich war sehr aufgeregt, als der Tag kam, da mein Verband entfernt wurde. Ich hatte aber nicht damit gerechnet, dass die Operation eine so große und meiner Ansicht nach schreckliche Narbe hinterlassen würde: Sie sah aus wie ein gigantischer Tausendfüßler, über vierzig Zentimeter lang, ganz blau und grün. Ich erschrak sehr, weinte und dachte, dass dieser Tausendfüßler jeden Moment anfangen würde sich zu bewegen. Zu meiner Beruhigung erklären mir die Ärzte, dass ich mir keine Sorgen machen solle, da man die Narbe in einigen Jahren kaum noch sehen würde. Sie hatten recht, heute ist sie kaum noch zu erkennen und bloß ein ganz dünner Streifen an meinem linken Arm.

Ich wartete ein paar Wochen und als ich das Gefühl hatte, es wäre fürs Erste alles gut, berichtete ich meinem Vater von dieser großen Operation.

Ich hatte mehrere Briefe geschrieben, die ich meinen guten Bekannten mit der Bitte gab, jede Woche einen davon nach Hause zu schicken. Und wenn die Operation *nicht gut* verlaufen wäre, sollten sie *diesen einen* schicken: Dort stand, dass es meine Entscheidung war, diese Operation zu wagen, mit allen Risiken jetzt und in der nahen Zukunft. Diese Verantwortung wollte ich niemand anderem überlassen. Es hätte sehr schlecht ausgehen können, und damit zu leben, wollte ich niemandem zumuten. Vor allem nicht meinem Vater, nachdem er so viel unternommen hatte, mich zu retten.

Es wurde nun öfter telefoniert. Vieles hatte sich verändert in dieser Hinsicht. Ich hatte sogar ein Telefon in meinem Zimmer und musste nicht mehr Stunden warten.

Die Physiotherapie war nicht einfach, dafür aber schmerzhaft.

Die Endoprothese ersetzte nicht nur den Oberarmknochen, sondern umfasste zugleich auch zwei künstliche Gelenke. Es war alles ziemlich kompliziert. Schlafen musste ich fast im Sitzen, denn die Armstütze war groß, unbeweglich und schwer. Duschen, anziehen, essen war nur mit Hilfe möglich. Aber auch das habe ich gut überstanden. Ich lernte, soweit es ging, mit meiner neuen Schulter und meinem neuen Ellbogen gleichzeitig koordinierte Bewegungen zu machen, was gar nicht so einfach war. Zudem lernte ich meine Muskulatur zu stärken.

Schwimmen war natürlich sehr wichtig, aber bis heute passe ich in keine Gruppe so richtig, weder bei Gymnastik, beim Yoga, noch beim Schwimmen.

28 Jahre später sagte mir ein Medizinprofessor, er hätte schon gehört von *Mammut-Prothesen*, aber gesehen hätte er noch nie eine. Ob „Mammut", weil so alt oder groß oder beides, hat er nicht gesagt.

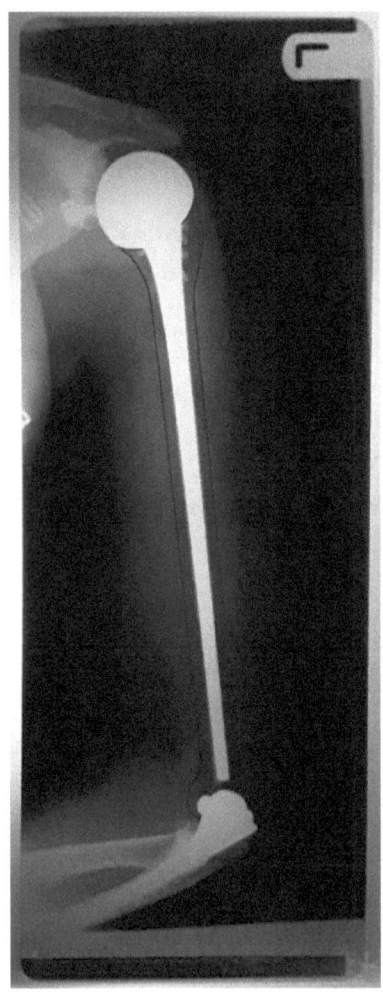

Meine Total-Oberarm-Endoprothese war keine Liebe auf den ersten Blick. Ich habe mich im ersten Jahr vor diesem großen Metallteil in meinem Körper geekelt. Der Gedanke, den Rest meines Lebens ein kaltes, lebloses Ding in meinem Arm zu haben, hat mich an manchen Tagen fertiggemacht, lehrte mich aber auch, demütig zu akzeptieren, was nicht zu ändern ist.

Mein linker Arm hat mit dieser für mich perfekten Endoprothese, die ich mit Stolz und Dankbarkeit trage, das gleiche Gewicht und *die gleiche Länge* wie mein rechter Arm.

Das ist eine Besonderheit, denn mein Knochenwachstum war schon abgeschlossen, als ich sie bekam. Es hätte anders kommen können, wenn ich ein paar Jahre jünger gewesen wäre und meine Knochen nach der OP noch weiter gewachsen wären. Dann wäre mein linker Arm entweder kürzer als der andere geblieben oder man hätte die Prothese auswechseln müssen. Aber vor ein paar Jahren gab es eine solche Prothese überhaupt *noch gar nicht*. Und wenn es sie gegeben hätte: Ob das Wechseln gut gegangen wäre?

Ich denke, dort „oben" hat mich jemand immer im Blick gehabt!

Die Dankbarkeit, die ich heute noch empfinde, für meinen Vater, meine Ärzte und das gesamte Team, Freunde und Familie, die es durch ihre Unterstützung, Hilfe und Freundschaft möglich machten, dass ich die Zeit überstand, auch wenn die Chance zu überleben klein war, ist unendlich groß.

Ich blieb einige Monate in der Endo-Klinik. In die vorgesehene Reha nach Wintermoor wollte ich nicht. Niemand hatte etwas dagegen und so machte ich meine Reha in Hamburg.

Eines Tages wurde ich mit folgenden Worten nach Hause entlassen: „Wir haben alles Mögliche für Ihre Heilung getan, der Rest liegt nicht mehr in unseren Händen."

Ich habe mir gedacht: *also dann in Gottes Händen!*

Ich hatte Professor Buchholz gefragt, wie lange diese Endoprothese halten würde, und er sagte, dass sie vielleicht zwanzig Jahre halten würden. Mit meinen knapp 21 Jahren bedeutete das für mich „eine Ewigkeit". Dass ich mal so alt werden würde, konnte ich mir nicht vorstellen.

Ich würde mir wünschen, er hätte erfahren, dass zwanzig Jahre eine lange Zeit sind, aber nichts im Vergleich zu über vierzig Jahren!

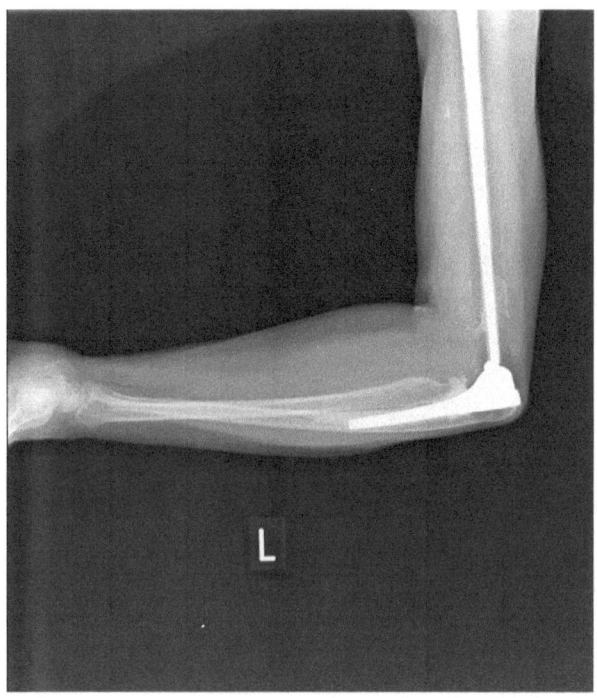

Mein neues Leben

Endlich konnte ich nach Hause fliegen, nach langer Zeit der Krankheit. Es war sehr schön, meine Lieben wiederzusehen. Genau das Richtige, nach all diesen schrecklichen Erfahrungen.

Ich wollte ein neues Leben anfangen. Die Frage war, wie wollte ich jetzt leben?

Etwas Medizinisches zu studieren, wie ich es früher wollte, kam nicht mehr infrage; ich hatte genug von Krankenhäusern, Krankheiten, Ärzten, Medikamenten. Meine Geschwister waren mittlerweile verheiratet oder lebten in anderen Städten. Meine Schulfreunde waren zum größten Teil zum Studieren ins Ausland gegangen. Die soziale Ungleichheit, die ich früher nicht so richtig wahrgenommen hatte, war nicht zu übersehen.

Alles wirkte anders, nichts war, wie es vorher war, und ich fühlte mich nicht besonders gut. Vielleicht hatte ich mich selbst zu sehr verändert.

Ich besuchte die Ärzte, die mich behandelt hatten, wollte mich bedanken und meine Erfahrungen mit dieser außergewöhnlichen Endoprothese mit ihnen teilen. Die Wiedersehensfreude war groß. Sie konnten es nicht glauben, dass ich noch lebte, ohne Amputation meines linken Armes.

Ich wusste, dass es ganz wichtig war zu wissen, dass ich noch lebte. Nicht nur für die, die mich kannten, sondern für all die, für die es wenig Hoffnung gab.

Ich flog zurück nach Deutschland. Mein Leben war woanders.

Klarheit über meine Zukunft hatte ich nicht, Eile auch nicht. Wie konnte Knochenkrebs wieder kommen in einen Knochen, der nicht mehr vorhanden war? Es wurden mehr als genug Knochen, sogar das Ellenbogengelenk, ausgetauscht gegen die Prothese, die in den Jahren meiner Chemotherapie und der weiteren Bestrahlung entwickelt wurde. Was für ein glücklicher Zufall?

Meine Lungen waren frei von Metastasen, obwohl ich mich schäme, sagen zu müssen, dass ich geraucht habe.

Ich war überzeugt, mein Ewing-Sarkom war mit meinem kranken Knochen verschwunden.

Natürlich hatte ich andere Knochen, lebenswichtige Organe, überall konnten Metastasen sein oder sich entwickeln, aber mit diesem Gedanken habe ich mich nicht länger beschäftigt.

Die Krebskontrollen fanden alle drei bis sechs Monate statt. Ich wusste, das Sarkom konnte jederzeit wiederkommen und es würde dann noch gefährlicher sein. Fünf Jahre warten, – nach zehn Jahren spricht man dann ganz vorsichtig von *geheilt*.

Trotz aller Freude am Leben und positiver Überzeugung, die ich hatte, habe ich meine Perücke aufbewahrt, „man kann nie wissen". Viele Jahre später habe ich meine alte Perücke wiedergefunden und sie weggeworfen. Ich sagte, wenn der Krebs wiederkommt, dann kaufe ich mir eine neue!

Wieder in Deutschland, bei meiner „anderen Familie", der Familie von meinem Schwager. Sie hielten zu mir in all der schweren Zeit, haben mir die Sprache, das Land und die Leute, seine Gepflogenheiten gezeigt und mich und meine Perücke behandelt, als sei alles ganz normal. Meine Arbeitsstelle bekam ich durch ihre Hilfe und sie ermöglichten mir ein Stück Alltag, indem ich bei ihnen wohnen durfte.

Ich war voller Lebensfreude und Energie, wollte mich bei allen bedanken und ihnen zurückgeben, was sie mir vorher gegeben hatten. Alle diese Bemühungen trugen jetzt Früchte.

Selbstständigkeit wäre das Richtige, dachte ich. Wenn man einem kranken Vogel die verletzen Flügel gesund pflegt, freut man sich darüber, wenn er wieder fliegt.

Mein vorheriges Leben war mir ein Käfig geworden und ich wollte nicht wieder in diesen hinein.

Ich hatte nie die Möglichkeit gehabt etwas zu entscheiden oder zu verwirklichen, was ich wollte. Erst durch dieses Ewing-Sarkom und alles was in der Zeit danach passierte, wurde mir bewusst, wie mein Leben sich verändert hatte.

Ich habe etwas gelernt.

Dankbarkeit zu dieser Macht, die immer über mich wachte. Dankbarkeit zu allen, die mir ohne sonstige Interessen einfach halfen.

Geduld, denn es kam alles zu seiner Zeit und nicht, wann ich es wollte.

Verantwortung und Liebe zu mir selbst.

Die Erkenntnis, dass alle ohne mich leben könnten und mich eines Tages auch vergessen würden, wenn ich tot wäre, und dass ich die Einzige war, die ohne mich nicht sein konnte, hat mich nicht losgelassen.

Die Gesellschaft, die Familie, mein Vater, die Schule, die Ärzte, die Nachbarn, all dies bestimmte mein Leben und jetzt wurde von mir erwartet, dass ich wie jeder andere den üblichen Weg ginge, ein Studium abschlösse oder in eine Lehre machte, gesund bliebe, vielleicht sogar zurück in die Heimat kehrte, heiratete und Kinder bekäme und … und … und …

Das wäre der normale Ablauf des Lebens. Ja, das wäre er. Aber nicht … von meinem Leben.

Warum musste ich etwas Anspruchsvolles machen, nur, weil andere dachten, dass ich es sollte?

Ich lebte und gerade das war für mich außergewöhnlich und anspruchsvoll.

Es waren nicht ganz drei Jahre vergangen seit der schrecklichen Diagnose und anderthalb seit der Endoprothesenoperation.

Der Krebs konnte jederzeit an anderer Stelle meines Körpers wiederauftauchen, das Risiko war noch immer sehr hoch. Infektionen konnten auftreten und die Prothese hätte vielleicht entfernt werden müssen. Es gab mehr als genügend Gründe, um sich Sorgen zu machen.

Ich traf den Entschluss, zu leben, wie es kommt, einen Tag nach dem anderen.

Ich mietete eine kleine Wohnung mit Blick zum Himmel und einem großen Balkon. Ich lernte tapezieren, streichen und andere nützliche Dinge, von denen ich vorher nichts wusste.

Die Arbeit in der Etikettenfabrik gefiel mir. Es war zwar nicht der Traumberuf eines Mädchens aus gutem Hause, stundenlang die richtig gedruckten Etiketten und die falsch gedruckten auseinander zu sortieren. Aber ich sortierte dabei nicht nur Etiketten, sondern auch mein Leben. Und ich entfernte daraus alles, was mir nicht guttat. Meine neue Selbstständigkeit löste keine Freudenschreie um mich herum aus, eher im Gegenteil, es wurde leise. Aber mein Tun wurde akzeptiert.

Die Briefe meines Vaters wurden seltener, bis gar keine mehr kamen. Ich habe sie sehr vermisst und nicht verstanden, warum sie ausblieben. Aber man muss auch nicht immer alles verstehen.

Es gibt viele Worte, die unausgesprochen bleiben, und viele unvollendete Werke. Ich habe oft eine zweite Chance im Leben bekommen und um mit dieser richtig umzugehen, sollte man vorbereitet sein.

Das Wichtigste, mein seelisches Gleichgewicht, war hergestellt. Ich war jetzt für mich verantwortlich.

Es gab niemanden, der mir sagen konnte, wie es weitergehen würde mit dieser maßgeschneiderten Endoprothese. Also musste ich selbst auf

Entdeckungsreise gehen mit meinem Leben. Passte ja auch gut zu meinem Ziel, die Welt zu sehen. Ich fing ein neues Leben an, voller Überraschungen.

Das Ziel verfolgen

Ich ging täglich zur Arbeit und nahm oft eine Abkürzung. Es war ein einsamer Weg. Eines Morgens kam mir ein Mann mit einem wunderschönen Hund entgegen, einem schwarzen Collie. Mein erster Gedanke war: Wenn jemand mit so einem gepflegten Hund um diese Zeit spazieren geht, hat er bestimmt nichts Böses im Sinn. So habe ich versucht, mich selbst zu beruhigen, und ging an ihm vorbei.

Die Tage vergingen, die Wohnung war schön, aber sehr kalt. Ich hatte keinen Teppichboden, wie es damals üblich und Mode war, und auch kein Bett, sondern ein Schlafsofa, das ich jeden Abend ausklappte. Eine wunderschöne Gardine, eine Stehlampe und natürlich ein Bügeleisen, denn Bügeln ist heute noch wie ein Hobby für mich und ich kann mich dabei sehr gut entspannen. Eine kleine Blumenvase aus Kristall, denn Blumen sollten nicht fehlen. An die Küche kann ich mich nicht mehr erinnern, dort habe ich mich nie länger aufgehalten und es hat sich in Laufe der Jahre nicht viel verändert.

Es wurde kalt. Der Winter näherte sich und meine Oma schickte mir Geld für einen Teppichboden. Die Wohnung sah damit besser aus und war wärmer. Aber dieser stechendende Schmerz, den ich ab und zu in mein Rücken oder im Bauch spürte und den ich nicht genau zu beschreiben wusste, blieb.

Eines Tages musste ich ins Krankenhaus, denn der Schmerz war unerträglich geworden. So wie es wohl immer ist, wenn man Nierensteine hat.

Ich sollte sofort operiert werden. Doch Moment – eine Patientin, die ein Ewing-Sarkom überlebt und eine Total-Oberarm-Endoprothese hatte, hatte in Wuppertal zuvor noch kein Arzt gesehen oder auch nur davon gehört. Man zögerte!

Ich musste erst meine Krankengeschichte erzählen und wurde doch nicht sofort operiert. Es wurde zuerst versucht die Nierensteine mit Wasser trinken und viel Bewegung in den Griff zu bekommen. Unzählige Male musste ich die Treppe rauf- und runtergehen, musste ich Unmengen an Wasser trinken.

Nachdem mehrere Wochen vergangen waren und nachdem man sich mit der Endo-Klinik abgesprochen hatte, wurden die Steine dann doch herausoperiert. Nach einiger Zeit konnte ich wieder nach Hause. Man gab mir die Empfehlung mit auf den Weg, nichts Schweres zu tragen, da innere Narben langsamer als äußere verheilen.

War ich glücklich wieder in meinem kleinen Zuhause zu sein. Aber mein Kühlschrank war leer.

Schnell was zu essen kaufen im Supermarkt um die Ecke, dann ein paar Tage schonen und erholen. Von der Operation, dem Krankenhaus und der ganzen Aufregung.

Gesagt, getan. Eingekauft, danach machte ich einen kleinen Spaziergang zu meiner Halbschwester Marisa und ihrer Mutter, die auch für mich wie eine Mutter war.

Als ich sie begrüßte, fragte ich sie, ob sie sich meine Narbe mal anschauen könnten, da sie sich nass anfühlte.

Die Wunde war aufgeplatzt und sah übel aus.

Ich blieb für ein paar Tage bei ihr. Sie pflegten mich liebevoll wie immer. Ich konnte mich auf die beiden verlassen, sie waren ein wichtiger Teil meines Lebens, egal welche familiäre Bindung wir hatten. Sie waren immer für mich da gewesen – und sind es immer noch.

Meine leibliche Mutter habe ich nie kennengelernt. Als Ersatz hatte ich in meinem Leben immer zwei wundervolle Frauen, die sehr verschieden sind, mich aber jede auf ihre Art wie ihre eigene Tochter erzogen und behandelt haben. Die eine während meiner ersten Lebensjahre, die andere als meine Stiefmutter. Interessant fand ich, dass sie den gleichen Vornamen tragen – ich werde sie beide Sara nennen – und beide am gleichen Tag Geburtstag haben. Beide sind Mütter von verschieden Halbschwestern.

Ich werde nie vergessen, dass Wunden Zeit brauchen, um zu heilen. Egal welche Art von Wunde.

Morgens traf ich ab und zu wieder den jungen Mann mit dem Hund, und wir grüßten uns immer. Eines Tages hat er vor meiner Abkürzung auf mich gewartet, denn es wäre sehr dunkel geworden, sagte er, und er wollte mich lieber ein Stück begleiten. Ich war sehr froh und dankbar.

Irgendwann fragte er mich, ob ich ihm Spanischunterricht geben möchte. Er lernte es nun schon seit einiger Zeit in der Volkshochschule, aber die praktische Übung fehlte noch. Er wollte in Spanien arbeiten.

Der Unterricht lief gut. Er brachte Blumen oder Schokolade mit und ab und zu lud er mich zum Essen ein. Immer benahm er sich sehr korrekt.

Ich hatte eine Freundin, mit der ich ab und zu ausging. Wir planten eine Urlaubsreise nach Korfu in Griechenland. Ich war sehr aufgeregt, so weit zu reisen.

Kurz vorher hatte ich jemanden kennengelernt und mich hoffnungslos verliebt. Ansonsten hatte ich wenige soziale Kontakte.

Mein „Schüler" Karl sagte, er würde nach Spanien fliegen, seine Bewerbung wurde angenommen und er sollte ein Vorbereitungsseminar machen. In ein paar Monaten würde er dann mit der Arbeit als Reiseleiter in Spanien beginnen.

Er ging. Nach ein paar Wochen klingelte es bei mir, und er sagte mit strahlendem Gesicht, dass er seine jetzige Arbeit kündigen, seine Koffer packen und auf der spanischen Insel Gran Canaria zu arbeiten anfangen würde. Ob ich nicht mitkommen wolle.

Das verschlug mir den Atem!

„Das geht nicht. Ich kenne dich erst seit drei Monaten. Mein Urlaub ist in zwei Wochen. Ich liebe einen anderen und da ist noch was … mein Ewing-Sarkom, das Risiko, dass es wiederkommt, ist immer noch da. Für meine Total-Oberarm-Endoprothese muss ich immer eine Krankenversicherung haben und alle sechs Monate hier in Deutschland zur Krebskontrolle gehen."

„Dann werde ich warten."

„Worauf willst du warten?"

„Dass du mich liebst."

„Wie stellst du dir das vor? Als was soll ich mitgehen?"

„Als meine Frau."

Ich hatte geahnt, dass er nicht lange warten würde. Ich bat ihn um ein paar Tage Bedenkzeit.

Lange habe ich nicht überlegt. Meine Zeit war zum Leben da, nicht zum Überlegen.

All diese mir von Gott geschenkten Minuten, Stunden, Tage, die ich bekam, sollten gelebt werden, und ich konnte mir nichts Schöneres vorstellen, als die Art, die er mir vorschlug, um endlich die Welt zu sehen, mit ihm.

Ich sagte zu. Heiraten wollte ich noch nicht, später vielleicht.

Wieder kein Applaus für diese meine Entscheidung.

Meine Wohnung wäre noch nicht ganz möbliert und ich gebe sie schon wieder auf. Meine Arbeit zu kündigen sei auch nicht gut, da ich somit ohne Krankenversicherung wäre. Mit einem Mann, den ich erst vor

Kurzem kennengelernt hatte, in ein anderes Land zu gehen – gefährlich!

„Wir werden es schaffen", sagte Karl.

Allen, die mir nahestanden und die versuchten, mich vor Fehlern zu bewahren, erklärte ich, mit allem Respekt und mit Dankbarkeit, dass ich meine eigenen Fehler machen musste, genauso wie ich mein eigenes Leben nach meiner Art leben musste.

Ich kündigte meine Arbeit, meine Wohnung und flog in den Urlaub.

Während ich auf Korfu war, löste Karl meine Wohnung auf und brachte alles bei seinen Eltern unter, wo er noch wohnte. Meine Krankenversicherung würde privat bezahlt werden. Und die Liebe? Ich wartete darauf, was mein Herz sagte. Ein ruhiges Gefühl hatte ich auf jeden Fall.

Karl begann mit seiner Arbeit in Las Palmas de Gran Canaria.

Wir wohnten in einem schönen Zimmer in einem Hotel direkt am Strand. Als Reiseleiter zur arbeiten bedeutet nicht nur, an schönen Orten zu leben, sondern auch sechs Tage die Woche zu jeder unmöglichen Zeit den Touristen zu helfen, wenn es nötig war.

Ein Transfer um 2 Uhr morgens war keine Seltenheit. Am selben Tag noch eine Inselrundfahrt, abends Musik oder eine Tanzveranstaltung. Begleitung zur örtlichen Polizei, um Anzeige wegen gestohlenen Geldes oder gestohlener Ausweispapiere zu erstatten, Reklamationen bearbeiten, angetrunkene Gäste beruhigen, ausgebuchte Hotels, verspätete Flüge usw.

Ich denke, dass es heute immer noch so ist.

Uns hat es sehr viel Spaß gemacht, so zu leben. Ich arbeitete nicht, aber durfte ihn überall hin begleiten.

Eines Abends bekam ich Bauchkrämpfe, Übelkeit, Durchfall. Der Arzt kam und nach der Untersuchung sagte er, ich hätte eine Fischvergiftung. Er fragte, was das für eine große Narbe sei.

„Das ist eine Total-Oberarm-Endoprothese nach einem Ewing-Sarkom vor drei Jahren."

Ich solle bitte alles genau erzählen, das habe er noch nie gehört. Es sei unglaublich.

Ich konnte kaum noch reden. Ah ja klar, deswegen war er ja gerufen worden. Er gab mir etwas gegen meine Übelkeit.

Karl erzählte ihm, was er wissen wollte. Er war sehr beeindruckt. Und ich habe nie wieder Fischsalat mit Mayonnaise gegessen, ohne vorher zu prüfen, wie alt er ist.

Wir lebten einige Monate auf Gran Canaria. Erst in Las Palmas danach im Süden.

Ich wurde von Karls Chefin gefragt, ob ich nicht als Reiseleiterin arbeiten wolle. Mit Spanisch als Muttersprache hätte ich große Vorteile. Die Mentalität und Kultur wären mir auch vertraut. Ich sagte zu.

Wir betreuten ein großes Aparthotel. Leider stimmten weder das Essen noch die Sauberkeit noch das Preisleistungsverhältnis. Vierhundert Betten, jede Woche, waren unser Kontingent.

Ich fing an, jedes einzelne Appartement zu kontrollieren, während Karl die Gäste vom Flugplatz abholte.

Ich erlebte einige Überraschungen bei diesen Kontrollen. Eines Tages öffnete ich die Tür zu einem der sogenannten gereinigten Appartements und betrat die Besenkammer.

Wir wurden die Ansprechpartner der Zimmermädchen, Maler, Handwerker. Sie fragten uns, wie und wo und was sie tun sollten. Die Appartements, die wir betreuten, wurden ständig geputzt und renoviert, aber auch immer wieder gewechselt, sodass wir mehr für das Hotel arbeiteten. Und das war zu viel.

An unserem freien Tag fuhren wir mit einem Mietwagen ins Landesinnere, um die Insel auf unsere Art zu entdecken. Ich fühlte mich gesund und an Karls Seite sehr glücklich.

Ich wusste, dass Karl der richtige Mann für mich war, und dass ich ihn auch heiraten wollte. Seine große Liebe war Teil meines Heilungsprozesses.

Wir versuchten, alle nötigen Urkunden und Dokumente zusammenzubekommen, aber einfach war das nicht. Wenn die angeforderten Dokumente ankamen, waren wir schon wieder auf einer anderen Insel, wenn wir sie endlich bekamen, fehlte eine Übersetzung ins Spanische oder Deutsche.

Endlich waren alle Übersetzungen beisammen, aber dann passte der Termin nicht mit dem Ort überein, wo wir gerade lebten. Nach Monate des Hin und Her gaben wir die Idee zu heiraten fürs Erste auf.

Um glücklich zu sein, brauchten wir uns nur zu lieben und das taten wir. Wir gingen zum Juwelier, kauften zwei Ringe und feierten zu zweit.

Für meine Krebsuntersuchungen flog ich immer nach Deutschland.

Gern tat ich das nicht. Die Angst, es könnte alles wieder von vorne beginnen, war wie ein Schatten, der sich zwar entfernte, aber immer noch deutlich zu sehen war.

Andere Sorgen kamen hinzu: Meine Endoprothese: War alles in Ordnung? Ich machte keine gezielte Physiotherapie mehr, ich lebte einfach so normal wie möglich.

Blutabnahmen wurde immer schwieriger, denn ich hatte nur meinen rechten Arm zur Verfügung. An meinen linken ließ ich keinen heran und es traute sich auch niemand.

Weiter ging es nach Lanzarote, auf diese geheimnisvolle Insel, die fast schwarz ist aufgrund ihres vulkanischen Ursprungs, wie auch die andere Kanarischen Inseln, mit ihren Bergen, die die Farbe wechseln je nach Stand der Sonne.

Dort blieben wir einige Monate. Es war eine Erholung dort zu arbeiten. Es folgte Fuerteventura.

Der Massentourismus stand noch am Anfang. Es gab Ausflüge, die tatsächlich ein Abenteuer in der Natur waren, weil es noch ursprüngliche Natur gab.

Langes In-der-Sonne-Liegen war nie meine Sache, aber zu kurz auch wieder nicht.

Mein linker Arm, von der Schulter bis zur Hand, wird sehr schnell warm und nach spätestens 20 Minuten bekomme ich Herzrasen und ich fühle mich unwohl.

Zur Zeit der Kobaltbestrahlung war Sonnenschutz für mich ein Muss, all die Jahre danach *auch*.

Im Winter wird mein Arm im Gegensatz dazu sehr kalt. Vor einigen Jahren brachte mich eine Freundin auf die Idee, den Arm extra in einen Legwarmer einzuhüllen. Das hilft mir sehr.

Zurück auf die schönen Inseln. Nach den Kanaren kamen die Balearen.

Wir lebten und Karl arbeitet auf Mallorca. Monate lang, danach kam Formentera.

Der Transfer der Gäste zu dieser kleinen Insel war nur mit der Fähre von Ibiza aus möglich. Alle Touristen waren froh und gut gelaunt, nur ich war zur Hälfte krank vor Angst und die andere Hälfte von mir war seekrank.

Formentera war ein kleines Paradies, kaum Autos oder Motorräder. Erholung und Kontakt zur Natur waren angesagt.

Mir wurde prognostiziert, keine Zeit zum Leben zu haben, und was ist daraus geworden? **Zeit,** ich hatte viel Zeit, das Leben zu beobachten, zu atmen, zu fühlen und zu genießen.

Mein Verhältnis zur Zeit ist einfach zu beschreiben: Ich habe keines.

Ich bin sehr pünktlich und erwarte auch Pünktlichkeit, aber ich schaue nicht auf die Uhr, die ich sowieso nicht trage. Ich schaue mich um und irgendwie bekomme ich schon heraus, wie spät es ist, – wenn ich es wissen muss.

Ich lese gerne alte Zeitungen und freue mich dann über das, was letzte Woche noch eine schlechte Nachricht war und heute eventuell schon wieder ein gutes Ende genommen hat.

Meine Interessen hatten sich verändert. Es bereitete mir Freude, schöne Farben zu sehen oder das Meer rauschen zu hören, den Duft der Blumen zu riechen, Sterne zu bewundern, in den Nächten, in denen ich nicht schlafen konnte, Gespräche mit den einfachen Menschen zu führen, wie dem Busfahrer, mit dem wir die Transfers zum Hotel machten, oder mit den alten Frauen, die vor ihren Häuser stickten und häkelten.

In dieser zeitlosen Art zu leben machte ich nicht, was „in" oder „chic" war, was sich gehört oder was man gesehen haben musste oder sein sollte. Nein, ich konnte und wollte einfach alles in mein Inneres aufnehmen, was mir Gott und die Welt anboten.

Zu Schulzeiten habe ich viel und gerne gelesen. Den *Faust* von Goethe, Dante und seine *Göttliche Komödie*, Miguel de Cervantes und seinen *Don Quijote*, Dostojewski, Victor Hugo, Saint-Exupéry, Khalil Gibran, García Márquez und vieles, vieles mehr, denn Fernsehen gab es nicht überall, und Kino auch nicht. Jetzt konnte ich in aller Ruhe meine Romane lesen über Vampire oder Geisterlegenden, ohne mich zu verstecken, weil es keine hohe Literatur war. Es wurde zu einer meiner Lieblingsbeschäftigungen. Und nicht nur auf Formentera. Jede Woche gab es etwas Neues zu lesen und meine Sammlung wurde immer größer.

Diese Art Literatur übte auf mich eine Faszination aus. Vielleicht wollte ich den Tod dadurch verstehen oder mir einfach eine Freude machen, wie einem kleinen Kind, das am Leben war.

Viele dieser persönlichen Eigenschaften habe ich bis heute bewusst gepflegt.

Natürlich hatte ich des Nachts öfter Albträume. Karl kam eines Tages mit einem selbst gebastelten Kreuz aus Ton. Als Schutz gegen die Vampire und sonstigen Geister. Darüber freute ich mich sehr.

In einer Nacht wachte ich vor Schmerzen auf. Ich dachte, mein Körper wäre in zwei Teile geteilt worden. Karl dachte, ich hätte wieder meine Albträume, merkte dann aber ganz schnell, dass er den Arzt holen musste. Ein Telefon hatten wir nicht, es gab auch nicht viele davon auf dieser Insel.

Aber dafür hatten wir ein Dienstmotorrad. Also machte er sich damit auf den Weg. Es dauert lange und weder Karl noch der Doktor kamen und meine Schmerzen waren sehr stark. Nach einiger Zeit kamen die beiden endlich. Das Motorrad war verschwunden und Karl musste einige Kilometer im Dunkeln laufen, um das Haus des Doktors zu erreichen. Der Arme!

Ich hatte eine Nierenkolik. Ich bekam etwas gegen die Schmerzen und die Empfehlung, sofort nach Ibiza zum Urologen zu fahren.

Natürlich blieb die Frage nach der großen Narbe an meinem linken Arm nicht ungestellt. Wie immer Erstaunen über meine Geschichte, meine Endoprothese und darüber, dass ich noch lebte.

Das Motorrad wurde ein paar Tage später am anderen Ende der Insel gefunden.

Der Urologe auf Ibiza gab mir den Rat nach Deutschland zu fliegen. Und er gab mir Medizin gegen meine Schmerzen, die Gott sei Dank nicht mehr so stark waren.

Ich erinnere mich nicht mehr, wer mir in der Apotheke den guten Rat gab, *Wasser für das Leiden der Steine* zu kaufen, so in etwa die Übersetzung. Ob es der Glaube an diese Hilfe oder tatsächlich das Wasser war, das mir half, ich weiß es nicht. Aber es hat geholfen! Die Steine war ich auf einmal los. Die Frage, woher die Nierensteine kamen, aber nicht.

Glück als Medizin

Zurück nach Mallorca, wieder für Monate auf der Insel arbeiten. Aber all dies bereitete uns keine Freude mehr, es war zu viel Stress. Eines Tages sagte Karl, es wäre Zeit aufzuhören. Ich war einverstanden und so ging er noch am selben Tag ins Büro, um zu kündigen.

Wir flogen zurück nach Deutschland, nach fast zwei Jahren Erfahrung in einer Branche, die sich rasend entwickelte: dem Massentourismus.

Es war eine wunderschöne Zeit, die zu Ende ging. Aber es fing auch wieder eine neue an.

In den ersten Monaten lebten wir bei Karls Eltern. Einen richtigen Plan hatten wir nicht.

Die Tage vergingen mal langsam, mal schnell. Die Stadt war nicht besonders schön, hatte aber einige nette Ecken, vor allem eine mit einem sehr schönen Altbauhaus. Ich dachte, dort zu wohnen, können sich sicher nicht so viele leisten.

Karl wollte meine Heimat kennenlernen und so planten wir einen Urlaub, in dem wir auch heiraten wollten. Wir erzählten es allen unseren Bekannten und Verwandten, aber natürlich klappte es schon wieder nicht. Die Zeit in Medellín war zu kurz, um alle Formalitäten zu regeln.

In Medellín erzählte ich allen, wir hätten schon in Deutschland geheiratet, denn es wurde noch als unanständig angesehen, ohne Trauschein zusammenzuleben. So waren wir immer noch nicht verheiratet, obwohl wir es mindestens neun Mal versucht hatten.

Zurück in Wuppertal gingen wir am Rathaus vorbei und dachten: *jetzt!* Endlich hatten wir Glück und ein paar Wochen später war die Hochzeit.

An dem Tag versteckte ich meinen Blumenstrauß in einer Decke vor den Nachbarn. Wir gingen mit unseren zwei Trauzeugen zum Standesamt, danach zum Mittagessen. Alles still und leise, denn wir waren für alle schon längst ein Ehepaar.

Ich bekam wieder einen Nierenstein, wurde operiert und lebte nach einer Diät mit weniger Milchprodukten, was helfen sollte.

Damals war der Austausch von Information zwischen Arzt und Patient sehr spärlich. Vom Spezialisten bekam der Patient einen geschlossenen Umschlag, brachte ihn zum Hausarzt, der das Geheimnis des Umschlags mit wenigen unverständlichen Worten lüftete, woraufhin der Patient in blindem Gehorsam fast alles machte, was zu seiner Heilung empfohlen wurde, am besten ohne irgendwelche Fragen zu stellen. Heute ist es gottlob anders. Man kann sich sogar eine andere Meinung einholen, und geschlossene Umschläge habe ich schon lange keine mehr bekommen. Der Patient hat heute viele Rechte.

Karl wurde sofort wieder von seinem alten Arbeitgeber angestellt und die Suche nach einer Mietwohnung konnte beginnen. Es ging relativ schnell und ich konnte es kaum glauben, als wir die Schlüssel für unsere Zweizimmerwohnung bekamen, in diesem schönen gelben Altbauhaus, von dem ich immer so begeistert war!

Wir hatten viel Spaß dabei, die Wohnung zu renovieren und einzurichten. Ich vergaß darüber sogar fast meine Krebskontrolle. Das Ewing-Sarkom war irgendwie ... weit weg.

Ich fuhr nach Hamburg. Die Wiedersehensfreude war groß, denn ich lebte ja noch! Die Endoprothese hatte sich bloß an der Schulter etwas gelockert, das sollte aber nach einer Operation wieder richtig sitzen. So verstand ich es damals. Ich fragte nicht viel nach; wozu denn auch? Es würde schon alles seine Richtigkeit haben, ich hatte vollstes Vertrauen in den Arzt und sein Team.

Es war alles in bester Ordnung in meinem Leben. Wenn ich bloß nicht andauernd diese Sehnsucht woanders zu sein gehabt hätte. Karl ging es genauso. Er fragte bei seiner Arbeit nach der Möglichkeit, ins Ausland zu gehen. Natürlich ging es.

Nach einer Einarbeitung in die Montage von Textilmaschinen sollte er nach Italien gehen. Für uns war das kein Problem, alles stehen und liegen zu lassen: die Wohnung halb möbliert, ein gebrauchtes Auto gekauft und einfach nach Italien zu fahren. Erst einmal für drei Monate.

Mein Termin in der Endo-Klinik stand schon fest, also fuhr ich nach Hamburg. Die Operation war kurz beschrieben in einem alten Bericht, den ich noch habe: Pfannenentfernung 1980. Alles verlief sehr gut. Eine Überraschung war allerdings der Gips, den ich sechs oder acht Wochen tragen sollte. Von dem hatte man mir nichts erzählt.

Der halbe Körper von der linken Schulter bis zum Bauchnabel eingegipst, der ganze linke Arm fast vollständig ausgestreckt. Nur meine rechte Schulter und mein rechter Arm waren frei. Es war sehr beklemmend und ich machte mir Gedanken, was wohl passieren würde, wenn ich zunähme? Würde ich erdrückt werden von diesem Gips? Ich dachte an Schildkröten in ihren Panzern. Ich konnte mich weder anziehen, noch duschen und selbst meine eigenen Füße konnte ich nicht sehen. Es war eine schwere Zeit.

Ein paar Tage nach dieser Operation bekam ich eine Nierenkolik. Es war die vierte, seitdem ich die Prothese trug.

Wie konnte das möglich sein? Meine Kalziumwerte waren vor der Operation untersucht worden und waren unauffällig. Von der Endo-Klinik ging es mit dem Krankentransport nach Hamburg-Harburg. Meine einzige Sorge war: Hoffentlich findet mich Karl, er wollte mich doch abholen und nach Hause fahren.

In der anderen Klinik sollte ich sofort operiert werden. Das kam für mich in diesem Schildkrötenzustand überhaupt nicht infrage.

„Wenn Sie mich operieren, wird mein Gips kaputtgehen, und dann wäre alles umsonst gewesen. Der Gips muss dranbleiben, es gibt andere Möglichkeiten, einen Stein zu entfernen."

Der schlecht gelaunte Arzt antwortete: „Sie sind ein kleiner Drache und wissen nicht, was Sie sagen. Sie haben über 39° Fieber!"

„Ja, das bin ich. Aber ohne meine Unterschrift können Sie mich nicht operieren!", gab ich zurück.

Er sagte, es wäre Wochenende und wenig Personal in der Klinik. Ich wurde in einen Raum gebracht, lag auf einer Liege, bekam eine Infusion in meinen rechten Arm und sollte mich ruhig verhalten. Währenddessen wurde eine dünne Schlinge in den Harnleiter eingeführt. Ich habe viele Schmerzen ertragen, aber diese Prozedur war eine der schlimmsten, die ich erlebt habe. Danach konnte ich zu Fuß in mein Zimmer gehen. Viel später erfuhr ich, dass dieser Eingriff normalerweise unter Narkose vorzunehmen ist.

Wieder hieß es Wasser trinken, Treppe rauf, Treppe runter. Bloß war es dieses Mal viel anstrengender mit dem halben Körper in Gips und einer Schlinge im Harnleiter, die wie ein dünnes Kabel zwischen meinen Beinen hing.

Karl fand mich, so wie er mich immer fand, wenn ich mich verlief. Wir waren ganz traurig, denn nach Hause fahren konnten wir nicht. Drei Tage sollte die Schlinge bleiben, und wenn der Stein nicht rauskäme, sollte ich operiert werden. Damit war ich einverstanden gewesen.

Ich fragte in den nächsten Tagen einen Arzt, wie es käme, dass ich so häufig Nierensteine hätte, obwohl die Werte in Ordnung seien.

„Ihr Körper weiß noch nicht, dass er jetzt weniger Knochen hat, und produziert weiter die Menge Kalzium wie vorher, was jetzt aber zu viel ist."

„Wie bitte? Und wie soll mein Körper erfahren, dass er seit fast vier Jahren weniger Knochen besitzt? Wie kann ich das meinem Körper mitteilen?"

Diese Antwort überforderte mich. Mit seinem Körper kommunizieren ... So etwas hatte ich noch nie gehört!

Karl mietet ein Zimmer in einem nahen Hotel und blieb die ganze Zeit bei mir. Er ging sogar mit mir treppauf und -ab.

Am dritten Tag zogen die Ärzte die Schlinge heraus und ... nichts kam. Ich war sehr deprimiert, denn ich wusste, was auf mich zukam. Ich ging in mein Zimmer und sagte Karl, dass ich mich auf eine neue OP vorbereiten müsste.

Am Tag danach, während ich auf die Arztvisite wartet, kam mir ein Gedanke: „Trink ein Glas Wasser, gehe danach auf die Toilette und der Stein wird rauskommen."

An dieser Stelle kann sich jeder Leser seine eigenen Gedanken machen.

Ich aber habe ein Glas Wasser getrunken, bin auf die Toilette gegangen und ... der Stein kam heraus.

Ich durfte sofort nach Hause fahren.

In den Wochen danach wurde ich in Wuppertal von meiner Schwiegermutter gepflegt und begleitet und von Marisas Mutter Sara. Karl war nach Italien gefahren, denn ich wollte in dieser schweren Zeit lieber in unserer schönen Wohnung für mich allein sein. Aber wir telefonierten dreimal täglich miteinander.

Irgendwann wurde der Gips abgenommen. Ich war wieder gesund und glücklich und lebte in Italien.

Lago D'Iseo, Bergamo, Breccia, Paratico ...

Doch dann wieder: Nierensteine. Wieder nach Deutschland. Die Steine konnten nicht zertrümmert werden – eine neue Methode, Steine zu entfernen – und ich musste so schnell wie möglich operiert werden.

Nein ich konnte nicht mehr! Ich brauchte Zeit. Ich hoffte, Wasser trinken und Treppe rauf- und runtersteigen würden dieses Mal wieder helfen.

„Der Stein sitzt an der Niere mit seiner Spitze fest, da hilf nur operieren. Es sei denn, Sie glauben an Wunder."

„Das tue ich – ich bin selbst ein Wunder!"

Sie gaben mir zwei Tage Zeit, um nachzudenken.

Am Abend vor der Operation bekam ich die entsprechenden Medikamente zum Einschlafen, Beruhigen und um nicht zu essen. Ich hatte eine sehr schlechte Nacht. Am nächsten Morgen wurde ich abgeholt und zur OP gebracht. Dann sagte der Arzt, es müsste noch ein Röntgenbild gemacht werden, um die exakte Lage des Steins festzustellen. Er machte ein Röntgenbild und dann noch eines und wieder eins, bevor er fragte, an welcher Seite der Stein denn sei, denn er könne ihn nicht finden.

„Wenn Sie keinen Stein finden, dann ist da wohl keiner. Kann ich jetzt nach Hause gehen?"

„Ja, Sie können nach Hause gehen", sagte der verblüffte Arzt, als ich vom Operationstisch aufstand und mit etwas Schwindel den Raum verließ.

Das war mein letzter Nierenstein.

In Italien waren aus den geplanten drei Monaten zweieinhalb Jahre geworden. Gardasee, Mailand, Susa, Occiepo Inferiori, Lucca, Neapel, Pompei und und und. Was ich die ganze Zeit über machte? Ich hatte einen für mich normalen Alltag. Karl sagte, als er zum ersten Mal Gehalt und Spesen bekam: „Ich verdiene das Geld und du gibst es aus. Es muss immer genug für alles sein."

Wir lebten immer in Hotels, mal in guten, mal in nicht so guten, mal in teuren, mal billigeren. Es kam darauf an, wo wir waren. Größere Orte oder längere Zeit.

Anfang des Monats machte ich die ganze Kalkulation. Meine Kosten zahlten wir privat: Hotel, Essen und Flugtickets. Ich war bestens vertraut mit Wechselkursen bei den Banken und Benzinpreisen an den Tankstellen.

Nach außen lebten wir genau wie die anderen Monteure, aber mit vielen kleinen Unterschieden: Z. B. tranken wir nie Alkohol, aßen nie ein komplettes Menü, sondern immer nur Hauptgerichte, und nur einer von uns trank den Kaffee. Ich packte Karl für die Mittagspause Butterbrote ein und wusch seine Arbeitskleidung im Badezimmer anstatt in der Reinigung. Den Rest des Tages häkelte ich, bis er von der Arbeit kam.

Am Wochenende gingen wir spazieren, ins Museum oder einfach Schaufenster gucken. Ab und zu kam die Ehefrau von einem Arbeitskollegen und wunderte sich, wie ich dieses Leben führen konnte, immer im Hotel und immer an einem anderen Ort, ohne Freunde oder Kinder, ohne Haus und ohne Garten. Sie hatten das alles. Dafür aber keinen Ehemann, denn die Ehemänner waren ja immer unterwegs. Ich hingegen hatte zwar keine Sesshaftigkeit, dafür aber meinen Ehemann. Ich liebte ihn sehr und er hat mich für alle Unannehmlichkeiten entschädigt. Manchmal erzählten die Kollegen, ihre Kinder seien froh, wenn sie endlich wieder auf Montage gingen. Ihre Frauen waren gewöhnt daran, allein die Entscheidungen zu treffen, weil sie die meiste Zeit allein mit den Kindern, dem Hund und dem Garten waren. Für mich war es eine Abwechslung, mich mit einer anderen Frau zu unterhalten.

Ich fragte einmal einen Frauenarzt, ob ich nach der ganzen Chemotherapie gesunde Kinder haben könnte.

„Ja, sie haben jetzt die gleiche Möglichkeit, gesunde Kinder zu bekommen, wie andere Frauen in Ihrem Alter."

Wir wollten aber keine Kinder. Ich habe mich nicht für eine Sekunde weniger als Frau gefühlt ohne Kinder.

Meine Krebskontrollen waren fast in Vergessenheit geraten. Wie viele Jahre waren schon vergangen seit dem tödlichen Ewing-Sarkom? War es wieder Zeit, nach Deutschland zu fahren? Das könnten wir gleich mit unserem Urlaub verbinden. Das war eine gute Idee. Also nach Marokko in Urlaub und für die fällige Untersuchung nach Deutschland.

Unsere Wohnung hatten wir aufgegeben, sie war fast immer leer. Wir kamen so selten nach Deutschland, meistens nur, wenn das alte Auto vom vielen Fahren kaputt war und wir ein neues brauchten.

Südamerika

Gerade hatten wir uns ein schönes, gebrauchtes Auto, einen BMW, gekauft, da führte uns eine Reise nach Argentinien – nur für paar Monate. Ohne festen Stellplatz wurde der Wagen auf der Straße vor der Haustür von Karls Eltern geparkt. Die liebe Nachbarin würde, wenn sie Zeit hatte, eine Runde damit fahren. Bei null Grad Celsius flogen wir im Januar aus Frankfurt ab. Das war 1982 oder vielleicht auch 1983.

Nachdem wir in Buenos Aires gelandet waren, mussten wir zu einem anderen Flugplatz, quer durch diese riesige Großstadt fahren. Ich habe nur gestaunt über ihre Gebäude, ihre Monumente, ihre Alleen. Es war alles wie in jeder anderen Stadt, bloß viel, viel größer! Diesen ersten Eindruck bewahre ich im Erinnerungskästchen meines Herzens auf, zusammen mit vielen anderen unvergesslichen ersten Eindrücken.

Arbeiten sollte Karl in der Stadt Resistencia in der Provinz Chaco.

Über 35 °C und 75–80 % Luftfeuchtigkeit. Wintermantel, -stiefel und Schal waren nicht mehr nötig.

Wir bekamen eine kostenlose Firmenwohnung im damals höchsten Gebäude der Stadt, ganz oben, mit sehr schönem Ausblick.

Karl wurde von einem Fahrer der Textilfirma jeden Tag morgens mit einem Firmenwagen abgeholt und abends wieder nach Hause gebracht. Ich ging am ersten Tag in der Nachmittagshitze in den nächsten Supermarkt, um etwas zu essen einzukaufen und wunderte mich, niemanden zu sehen. Die Straßen waren menschenleer, obwohl es schon 16 Uhr war. Zurück in unserer Wohnung fragte ich den Soldaten, der am Eingang stand, wann denn die Geschäfte aufmachten. Bei der Hitze erst gegen 17 oder 18 Uhr, antwortete er.

Diese Stadt hatte etwas Besonderes. An fast jeder Ecke stand eine Skulptur. Ich habe viele fotografiert, leider sind diese Fotos verloren gegangen.

Wir hatten die letzten Jahre fast nur in Restaurants gegessen. Nun sollten wir auf einmal selber kochen? Was denn? Spaghetti mit Thunfisch aus der Dose zum Beispiel? Wie peinlich. Was Essen anbelangte, waren Karl und ich unkompliziert. Er hatte mehr Spaß am Kochen als ich und ich wollte ihm den Spaß nicht nehmen. Steaks sah man nicht viele in den Metzgereien, zu teuer. Die besten Stücke waren für den Export bestimmt.

Geld hatten wir allerdings im Überfluss. Jede Woche brachte Karl die ausbezahlten Spesen nach Hause, über eine Million argentinischer Pesos. In den ersten Wochen konnten wir etwas in US-Dollars umtauschen, aber dann nicht mehr.

Zu kaufen gab es in der Stadt nicht viel.

Miete bezahlten wir nicht.

Bar zu zahlen, wie wir es taten, war überhaupt nicht üblich. Alles wurde in wöchentlicher kleiner Rate bezahlt, sogar im Supermarkt.

Ich kaufte viele Bücher auf Spanisch, ganze Enzyklopädien und viel Kunsthandwerk und schickte alles nach Deutschland.

Argentinische Pesos durften nicht ausgeführt werden.

So saßen wir mit viel Geld in einem großen Schuhkarton und spielten Monopoly damit.

Eines Tages erzählte Karl, dass der Fahrer, der ihn jeden Tag abholte, sehr glücklich sei, weil seine Frau bald ihr erstes Kind bekäme.

Geld für die Anzahlung eines kleinen Hauses würden sie nicht mehr sparen können, aber fast niemand hatte ein Haus und ein einfacher Fahrer erst recht nicht. Es war ein Traum von ihm gewesen, denn zurzeit wohnten sie in einer besseren Hütte mit der Schwiegermutter. Hauptsache, das Baby werde gesund.

Karl hatte ihn ganz unauffällig gefragt, wie viel so eine Anzahlung denn wäre. Es war viel weniger als eine Million Pesos.

So einen Betrag zu sparen, war fast unmöglich für jemanden, der weit weniger als die Hälfte davon im Monat verdiente.

Wir überlegten nicht lange, packten, mehr als für die Anzahlung nötig war, in einen Umschlag und freuten uns auf den nächsten Morgen, wenn Karl dem Fahrer das Geld als Geschenk überreichen wollte.

Der Fahrer hat das Geld nicht angenommen. Warum hat er nicht gesagt. Durfte er nicht? War er zu stolz? Wir haben es nie erfahren.

Irgendwann habe ich verstanden, dass die Freude größer ist, wenn man geben darf, als wenn man nimmt.

An vielen Wochenenden wurden wir in der Umgebung von Resistencia umhergefahren, um etwas von Land und Leuten kennenzulernen. Abends gingen wir oft ins Kulturzentrum, um Musik zu hören. Ich hatte viel Zeit und schaute viel Fernsehen. Es gab täglich mehrere Stunde Tango: Musik und Tanz. Ich lernte Tango lieben.

Die Zeit in Argentinien ging zu Ende.

Was wir mit dem restlichen Geld gemacht haben? Ich weiß es nicht mehr. Auf jeden Fall haben wir ein weiteres Flugticket gekauft, nach Kolumbien. Dort ging die Arbeit in den Textilfirmen weiter.

Kolumbien

Endlich wieder in der Heimat!

Der Aufenthalt sollte viele Monate dauern, denn Karl hatte einiges zu tun. Es waren mehrere große Textilmaschinen zu montieren, Personal auszubilden usw. Wir lebten bei meiner Großmutter, das war das Schönste.

Die Stadt war anders, als ich sie in Erinnerung hatte.

Wir wurden vor großer Unsicherheit auf den Straßen gewarnt. Zu den wenigen Freunden, die dort noch lebten, hatte ich kaum Kontakt. Wenn wir etwas unternahmen, wurden wir an der Haustür abgeholt und genau dort wieder hingebracht. Allein sollte man nicht rausgehen.

Der Einkauf im Supermarkt wurde sehr schnell erledigt. Angst, Unsicherheit, Nachtrichten von Erschießungen in öffentlichen Lokalen, auf den Straßen, am helllichten Tag, ob Priester, Student, Mann, Frau, es war egal – alles war an der Tagesordnung. Außerdem Entführungen und Bombenattentate. Es war eine Zeit des eingesperrten Lebens. Nach einigen Monaten machten wir einen Kurzurlaub auf San Andres, einer kolumbianischen Insel, von der gesagt wird, das Meer hätte sieben Farben. Von da ging es weiter auf die Niederländischen Antillen. nach Aruba und Curacao. Karibik pur! So wie man es von den Werbeplakaten kennt, mit dem Unterschied, dass die Werbeplakate damals nicht nötig waren.

Ich habe die Zeit mit meiner Großmutter sehr genossen. Wir sprachen viel und lachten noch mehr. Sie versuchte mir das Kochen beizubringen, aber ich hatte kein Interesse am Kochen, sondern am Essen.

Sie gab mir wertvolle Ratschläge – einige davon kannte ich von klein auf – und Geschenke, die nicht nur materiellen Wert besaßen, sondern eine Bedeutung hatten und eine unsichtbare Bindung zwischen uns beiden waren.

„Ich gebe es dir jetzt, so brauchst du nicht zu warten, bis ich sterbe. In Kriegszeiten kannst du es immer gegen ein Butterbrot eintauschen. Die Liebe und die Geschäfte muss man trennen. Geliehen ist geliehen und muss wieder zurück, aber geschenkt ist geschenkt."

Sie kaufte für mich das Gleiche, das sie selber hatte, wie z. B. einen Teller aus Silber, den ich immer in ihren Regalen bewundert habe. Einige dieser Geschenke sind immer noch Grund für Meinungsverschiedenheiten in meiner Familie. Kerzenleuchter aus Silber, ein Teller, passende Weinbecher, Serviettenringe, alles mit meinem Monogramm, kaufte sie mir zum Geburtstag oder zu Weihnachten. Solche Sachen waren früher Teil der Aussteuer.

Karl hat mir natürlich auch etwas gekauft. Er war immer sehr großzügig. Er verdiente gut und wir hatten weniger Ausgaben. Das restliche Geld wurde angelegt. Von meiner Familie hatte ich wenig in dieser Zeit, sie lebten fast alle in Deutschland.

Nach etwas über einem Jahr in Südamerika kehrten wir nach Deutschland zurück. Meine Krebskontrollen waren in Ordnung, die Blutabnahme aber nicht, die wurde immer komplizierter und sehr schmerzhaft.

Ein Haus

1982 konnten wir die Idee von einem Haus in Spanien umsetzen. Es war für uns die Mitte zwischen Europa und Südamerika. Wir waren kurz in Deutschland und lasen in einer Zeitung eine Annonce, haben angerufen und saßen noch in der gleichen Woche am Freitag mit anderen Paaren in einem Flugzeug Richtung Costa Blanca.

Es ging alles sehr schnell. Am Samstag besichtigte die Gruppe wunderschöne Grundstücken mitten im Nichts. Wir konnten kaum glauben, dass hier, in der Nähe von einem kleinen unbekannten Ort mit vielen Orangen- und Zitronenplantagen, nur sechs Kilometer vom Meer entfernt, sich bald schon ein so schönes Haus bauen ließ, wie der Makler es uns versprach. Doch schon am Sonntag hatten wir den Vertrag unterschrieben und gekauft.

Bei der Unterschrift des Kaufvertrages dachte ich an den Rat meiner Großmutter: „Die Liebe und die Geschäfte sollte man trennen." Als Käufer wurden unsere beiden Namen eingetragen, darauf bestand ich.

Der Makler war ein guter Verkäufer und wir alle hatten keine Ahnung vom Hauskauf. Als Anzahlung wollte er am Ende einen größeren Betrag haben, als Karl und ich mit ihm vereinbart hatten: ca. fünftausend DM mehr. Wir sagten uns, wenn das alles ein Schwindel wäre und es dieses Haus gar nicht gäbe, hätten wir nicht viel verloren. Zudem wollten wir Zeit gewinnen, um Erkundigungen über den Makler und das Bauunternehmen einzuholen.

Es war alles bestens!

Es wurde ein Traum von einem Haus ganz nach unseren Vorstellungen. Einige Macken und ein wenig Ärger gehörten dazu.

Nach den kleineren Hotelzimmern, in denen wir immer lebten, waren uns 70 Quadratmeter zu wenig für ein Haus. Wir ließen es auf fast die doppelte Größe umbauen. Ein offener Kamin, zwei Terrassen. Platz genug war auf dem riesigen Grundstück. Natürlich auch ein Pool. Wie Karl sagte, damit ich meine Physiotherapie ohne Ausreden machen konnte. Wir investierten unsere Ersparnisse aus der Zeit in Südamerika, um das Haus zu kaufen, und machten Pläne, um eines Tages an der Costa Blanca zu leben.

USA

Unser sechsmonatiger Aufenthalt begann am Flugplatz von Atlanta. Abgeholt wurden wir von der Firmenvertretung. Als Erstes bekam Karl ein Auto, Schlüssel und eine Kreditkarte zum Tanken. Das war etwas ganz Neues! Ich habe meinen in Georgia erhaltenen „Lernführerschein" nach langer Suche wiedergefunden, daher weiß ich, dass wir 1984 dort waren. „Lernführerschein" deshalb, weil ich fahren durfte, um zu lernen, aber es musste immer jemand dabei sein. Spaß am Fahren hatte ich nie. Durch die Einschränkung im räumlichen Sehen meines linken Auges und meine Endoprothese habe ich mich selbst als eine Gefahr für den Straßenverkehr eingestuft.

Viele sagten, dass auch Leute ohne Arm fahren können und das stimmt! Bei aller Bewunderung und allem Respekt für die Menschen, die ihr Leben so wunderbar ohne Arm meistern, und das meine ich von ganzem Herzen, muss ich dennoch sagen: Ohne Arm kann man sich auch keine Endoprothese kaputtmachen. Was ich als gefährlich empfinde, ist, dass mein linker Arm immer langsamer reagieren wird als mein rechter. In Notsituation kann das tödlich sein.

Ich habe es trotz alledem mit dem Autofahren versucht, es aber dann schließlich doch gelassen und bin überall auf der Welt gut angekommen, mit Bus, Bahn, Schiff und Flugzeug. Fahrradfahren ist auch sehr risikoreich, denn hinfallen geht schnell und man kann sich nicht aussuchen, auf welche Seite man fällt.

Durch solche kleinen Einschränkungen wurde mir immer wieder bewusst, dass ich doch etwas anders „gebaut" bin, und dass ich immer etwas sehr Wertvolles bei mir habe.

Dass man ohne Auto in den USA nicht gut leben kann, haben wir schnell begriffen. Wir lebten anfangs in Rome (Georgia). Vom Motel war es nicht weit zum Ortszentrum, also wollten wir einen kleinen Spaziergang machen und etwas essen. Nach zehn Minuten hat uns die Polizei angehalten und uns höflich gefragt, ob wir Hilfe bräuchten. Es war nicht üblich, ohne Auto unterwegs zu sein. Sie hatten aber Verständnis für die Neuankömmlinge in der Stadt.

Es war eine erlebnisreiche Zeit. Die Entfernungen sind anders als in Europa. Je nachdem, wo man wohnt, muss man zu seinem eigenen Briefkasten mit dem Auto fahren, und sogar alle Geldgeschäfte, wie Geldwechsel bei der Bank, konnten wir vom Auto aus machen.

Im Waschsalon haben sich einige Leute bis auf die Shorts ausgezogen und sogar die Turnschuhe gleich mit in die Waschmaschine gesteckt.

In Motel gab es die größten Einzelbetten, die ich bisher gesehen hatte. Wir hatten auch ein Schwimmbad, in dem ich aber nie farbige Gäste schwimmen gesehen habe, obwohl es sehr warm war. Karl hat seine farbigen Helfer häufiger nach Hause gefahren, was von einem Kollegen aber nicht gern gesehen wurde. Die Nachbarn und die Familie der Helfer staunten, dass sich ein Weißer in ihre Gegend traute. Karl sagte, dass für ihn alle Menschen gleich seien, egal welche Hautfarbe sie hätten, Hauptsache, sie machten ihre Arbeit ordentlich. Und er fuhr seine farbigen Helfer weiterhin nach Hause.

Ich erlebte eine Sonnenfinsternis und glaubte, die Welt bliebe stehen. (Das gehört auch in mein Erste-Eindruck-Herzenskästchen.)

Die Museen waren anders als in Europa. Neuer, moderner, viel mehr für jüngeres Publikum, das neugierig und an Technik interessiert ist, und auch für Kinder, die die Welt entdecken wollten. Fast alles war zum Anfassen.

Wir kamen nicht aus dem Staunen heraus.

Es war eine schöne Gegend mit viel Natur und am Wochenende hatten wir Zeit alles zu erkunden.

Es ging weiter nach Alabama, Charleston, Myrtel Beach ... hin und her zwischen North und South Carolina.

Ist noch jemand wie ich?

Die Jahre vergingen schnell und ich lebte glücklich, egal wo ich war. Wenn ich an mein Ewing-Sarkom dachte, dann nicht so sehr als Krankheit, sondern mehr als Frage. Es waren mittlerweile sieben oder acht Jahre vergangen und ich hatte nie von einem anderen Überlebenden oder einer Prothese wie meiner gehört und kannte auch keinen Arzt, der davon wusste.

Ich wünschte mir, es gäbe noch jemanden wie mich, mit dem ich reden könnte. Da war aber niemand!

Es gab natürlich noch keine PCs in den Haushalten, keine Handys und keinen Laptop. Nur Fernseher, Zeitschriften und Zeitungen.

Ich ging fast überall, wo ich lebte wegen irgendeines Unwohlseins zum Arzt. Denn ich hatte immer den Gedanken, die Ärzte müssten doch erfahren, dass es mich gibt, um so vielleicht anderen erkrankten Kindern oder jungen Menschen helfen zu können.

Jahre unterwegs

Ich hatte schon erwähnt, dass ich kein Verhältnis zur Zeit habe. Mit der Orientierung ist es das Gleiche.

Ich habe in so vielen Länder gelebt – in zwölf vielleicht? –, habe mittlerweile über 26 bereist, habe mich in unzähligen Städten tage- oder wochenlang aufgehalten, habe in Hunderten von Hotels übernachtet, sodass ich ehrlich gesagt, damals wie heute den Überblick verloren hatte und habe. In manchen Nächten stand ich auf, suchte im Dunkeln die Toilette und bin dabei vor die Wand gelaufen oder im Kleiderschrank gelandet oder habe mich an irgendeiner Kante gestoßen.

Viele Jahre wachte ich morgens auf und sah vom Hotelfenster aus die Alpen oder Anden, das Mittelmeer oder den Atlantik, die Nachbarn beim Frühstück in Wuppertal, den Kölner Dom, die Blaue Moschee, den Vesuv, die Akropolis oder einfach bloß den Herbstregen. Ich war zufrieden mit alledem und vor allem dankbar für das Leben, das ich leben durfte, voller erfüllter Wünsche.

Ich führte kein Tagebuch und habe auch keine Notizen gemacht. Ich lebte einfach und genauso schreibe ich: einfach aus meinen Erinnerungen heraus.

Andere Länder

In Deutschland waren wir nicht lange, machten Urlaub dort oder blieben einfach bei Karls Eltern. Wir hatten seit Jahren keine Wohnung mehr gemietet und das Auto schon längst verkauft.

Die darauffolgenden Jahre machten wir, so oft es ging, Urlaub an der Costa Blanca. Das gesparte Geld wurde sofort ausgegeben für Möbel, Gardinen, Baumaterial, Garten und alles, was man sonst noch so braucht in einem Haus. Seit das Haus fertig war, gönnten wir uns nicht viel. Wir hatten den Ehrgeiz, das Haus in weniger als den geplanten zehn Jahren abzubezahlen.

Jedes Mal wurde die Veränderung der Landschaft deutlicher: Wo früher Palmen, kleine Dörfer und das Meer zu sehen waren, entstanden so weit das Auge reichte Reihenhäuser und Chalets. Überall waren Baustellen und die allgemeine Infrastruktur kam nicht so schnell mit.

Das Reisen ging weiter.

In der Türkei lebten wir fast ein ganzes Jahr. Istanbul, Kayseri, Bursa, Maraş. Die gastfreundlichsten Menschen, die ich bisher kennengelernt hatte. Die türkischen Arbeitskollegen von Karl ließen uns nicht unsere eigenen Zigaretten kaufen, unser Essen nicht selbst bezahlen. Sie sagten, wir seien Gäste ihres Landes. Nach einem langen Gespräch mit viel Überredungskunst waren sie einverstanden, dass wir zwar Gäste waren, aber unsere eigenen Rechnungen selbst bezahlen wollten und sollten. Istanbul ist eine geheimnisvolle Stadt. In den Basaren habe ich mich gern für Stunden aufgehalten, mich in den Tausenden kleiner Läden verlaufen, Tee getrunken – denn das Teetrinken gehört in der Türkei fast zu jedem Anlass dazu –, eingekauft oder einfach das ganze Treiben beobachtet.

In das Hotel, in dem wir in Kaisery lebten, kamen die Frauen, um ihre handgeknüpften Teppiche zu verkaufen. Und es wurde in der unteren Etage weiterverkauft, meistens an die Touristen, die einmal pro Woche kamen, um Göreme zu besichtigen. Der Nationalpark Göreme in Kappadokien gehörte zum Pflichtprogramm: Es war etwas ganz Besonderes, diese Landschaft mit ihren Tuffsteinformationen zu sehen. Wie könnte es anders sein? Natürlich haben wir Teppiche gekauft für unser Haus, genauso wie zwei wunderschöne Kristallleuchter.

Damals waren Frauen in der Öffentlichkeit nicht oft zu sehen, alleine schon fast gar nicht. Ich fand in der Nähe keinen Friseursalon und bin dann in unserem Hotel zum Barbier gegangen. Der machte vielleicht große Augen, als ich sagte, er solle bitte meine langen Haare etwas schneiden. Das wollte er natürlich nicht ohne die Erlaubnis meines Ehemannes tun. Ja, am nächsten Tag bin ich mit Karl wieder hingegangen und er hat sein Einverständnis gegeben. Andere Länder, andere Sitten. Ich versuchte mich überall an die Gepflogenheiten des jeweiligen Landes anzupassen.

Wir wurden krank, das Essen war uns allen nicht bekommen. Wir waren eine Gruppe von acht Monteuren, die monatelang das Gleiche aßen: zu viel Fett. Dazu vielleicht die Umstellung, das Wetter, wer weiß? Ein schweizerischer Kollege hat sogar angefangen für uns zu kochen. Wir gingen alle einkaufen und das Hotel erlaubte uns, die Küche zu benutzen. Das war toll!

Es wurde Winter in Anatolien mit –30 °C. Abends legten wir die Decke auf die Heizung, bevor wir ins Bett gingen.

Mein linker Arm tat sehr weh. Ich glaubte, es wäre etwas mit meiner Endoprothese nicht in Ordnung. Wir flogen nach Istanbul und dort ließ ich mich untersuchen. Der Orthopäde hatte in Deutschland studiert und sprach fließend Deutsch. Aber eine solche Endoprothese und eine Überlebende eines Ewing-Sarkoms hatte er noch nie gesehen. Wie immer wurden andere Kollegen gerufen, damit sie sich das alles ansahen. Die Empfehlung des türkischen Arztes war, nach Hamburg zu fliegen.

Es war die Kälte! Denn als das Wetter sich ändere, änderte sich auch der Schmerz. Ich hatte abends so krumm gelegen und war so eingeschlafen, dass alles sich verkrampfte: mein Hals, mein Nacken, meine Schultern. Die Jacken und Mäntel, die ich tagsüber trug, waren schwer, aber an meinem guten Stück war absolut nichts dran.

Die Schmerzen im Nacken und den Schultern sind mit den Jahren stärker geworden und sind mir im Winter ein ständiger Begleiter. Ich kaufe immer wieder Mäntel und Jacken, von denen ich glaube, dass sie sehr leicht zu tragen seien. Doch am Ende sind sie dann doch genauso schwer wie die anderen, die schon im Kleiderschrank hängen. Mir ist immer bewusst, dass meine Endoprothese etwas ganz Besonderes ist und ich versuche, soweit es geht, vorsichtig damit umzugehen. Ohne auf ein – fast – normales Leben zu verzichten. Ich musste manchmal an den Knochenzement denken, mit dem die Prothese befestigt worden war. Was wäre, wenn der Zement bröckeln würde?

Wir flogen ab und zu nach Deutschland, zwischendurch nach Italien oder Frankreich, wo wir einige Monate in den Vogesen lebten. Griechenland, genauer gesagt Thessaloniki, war auch für einige Zeit unser Wohnort.

Manchmal fragte ich Karl, wenn ich den Koffer packte, nur: „Ist es dort kalt oder warm?" Die Frage nach unserer Aufenthaltsdauer hatte ich mir abgewöhnt, auch wenn das niemand gemerkt hat.

Ein großer Koffer, eine große Reisetasche und jeder ein kleines Handgepäckstück für ein Jahr oder zwei Monate – man hatte sowieso das Falsche und nicht genug mitgenommen. Bei Gelegenheit kauften wir, was fehlte.

Die Gesundheit von Karl war sehr stabil, lediglich ab und zu einmal eine Magenverstimmung aufgrund des andauernd wechselnden Essens. Er zog sich dann schlecht gelaunt zurück und ich fühlte mich ziemlich allein, denn er war meistens der einzige Mensch, mit dem ich sprach.

Unser Haus war viel früher bezahlt und möbliert, als geplant, und die Sehnsucht nach einem *Zuhause* wurde immer größer. Alle die gekauften Sachen, wie die Bücher aus Argentinien, die Andenken aus Kolumbien, den USA, die Teppiche aus der Türkei, die Lampen, das Porzellan aus Italien, alles war an seinem Platz in Spanien. Es war mehr als ein Haus, es war wie ein Tempel und gleichzeitig der Anfang vom Ende. Wir hatten viel zu viele Gefühl investiert und uns dabei selbst vergessen.

Nach China und Pakistan wollte ich nicht mehr mitfliegen. Wir mieteten eine winzige Wohnung in Wuppertal. Es sollte nur für kurze Zeit sein. Spanien sollte bald Mitglied der Europäischen Union werden und das würde alles vereinfachen, – glaubten wir. Als Karl aus Pakistan zurückkam, war er sehr krank. Wir hatten keinen Grund in Deutschland zu bleiben. Wir wollten einfach ein anderes Leben führen, ein sesshaftes Leben. Jeden Tag am gleichen Ort, *für immer.*

Finanzielle Mittel waren nach unserer Meinung mehr als genug vorhanden, dafür hatten wir in den letzten Jahren viel gespart. Wir würden in Spanien nicht arbeiten müssen. Karl hatte einige Informationen über Textilfirmen in der Nähe eingeholt, für den Fall, dass er doch arbeiten sollte oder müsste. Eine andere Möglichkeit war eine Arbeit als Übersetzer und Begleiter. Es gab viele Deutsche oder Engländer, die auf solche Hilfe angewiesen waren, um ihre Angelegenheiten zu regeln. Angefangen bei einer Begleitung zum Notar, zum Arzt, zu Handwerkern und vieles mehr.

Ich hatte auch vor Rentnern vor Ort Spanischunterricht zu geben.

Karl kündigte seine Stelle zum nächstmöglichen Termin. Es war Zeit, nach Hause zu gehen. Wir haben nicht über die Konsequenzen nachgedacht, wie so oft im Leben.

Ich war Mitte dreißig und hatte mir schon den damaligen Traum von einer Rente im eigenen Haus in Spanien erfüllt. Andere schafften es mit sechzig oder später. Manchmal dachte ich, in meinem Leben geht alles schneller als normal üblich.

Endlich für immer zu Hause

Wann genau wir gefahren sind, weiß ich nicht mehr, vielleicht Ende der 80er-Jahre. Aber egal wann, es war die falsche Zeit.

Wir kauften in Deutschland zum ersten Mal ein neues Auto, denn es sollte das Letzte sein und lange halten, packten es voll und fuhren für immer in den Süden.

Am Anfang lief alles gut. Es war, wie wir es uns vorgestellt hatten: Sonne, blauer Himmel, das Meer, die Ruhe, zwei Hunde, zwei Katzen und jeden Tag dieselbe Aussicht aus dem Fenster.

Große Sorgen über die Aufenthaltsgenehmigung machten wir uns nicht. Wir glaubten, alle Bedingungen, um dort zu leben, erfüllt zu haben.

Die Zeit verging schnell. Wir mussten unseren Status klären. Damit begann die Enttäuschung.

Die Einfuhrsteuer für das neue Auto war so unerschwinglich hoch, dass Karl wieder nach Deutschland fuhr und es verkaufte. Mit dem Geld, das wir dafür bekamen, kauften wir einen gebrauchten Wagen in Spanien.

Weiter ging es mit der Krankenversicherung, die ohne Arbeit nicht zu bekommen war. Arbeit im Angestelltenverhältnis ging nicht, obwohl wir einen unterschriebenen Arbeitsvertrag vorgelegt hatten. Es wäre nur als Selbstständiger möglich gewesen. Das machte das Ganze viel komplizierter, denn als Selbstständiger sind viele Beiträge zu zahlen wie Steuer, Krankenversicherung, Rentenversicherung etc., die von den Einnahmen gedeckt werden müssen.

Mach Monaten, in denen wir alles unternommen hatten, von Büro zu Büro gefahren waren, um immer nur die Auskunft zu bekommen:

„Kommen Sie morgen wieder" oder „Das geht nicht", bestand für uns die einzig mögliche Lösung darin, dass sich Karl als Selbstständiger anmeldete.

Wir übersetzten Briefe bis mitten in der Nacht, sprachen mit den Handwerkern, gaben Unterricht in Englisch oder Spanisch. Die meisten unserer Nachbarn sprachen kein Spanisch und konnten sich nicht verständigen, weder mit dem Elektriker, dem Maurer, dem Klempner, dem Arzt noch mit der Polizei.

Wochenenden hatten wir auch keine: Wenn nicht ein Notfall anstand, war es sicher ein Nachbar, der einfach mal zum Kaffeeplausch gegen 8 oder 9 Uhr morgens vorbeikam.

Telefon gab es fast acht Jahre nach Fertigstellung des Chalets in dieser großen Siedlung ebenfalls noch nicht. Kein Taxi und keinen Autobus.

Einige gaben uns Aufträge, die mit viel Zeitaufwand und Autofahrten verbunden waren, betrachteten die Arbeit aber als Nachbarschaftshilfe und bezahlten sie nicht. Stattdessen kamen sie nach Monaten mit zwei Pfund Kaffee als Dankeschön zurück. Wir mussten aber immer noch jeden Monat Steuern und die Krankenversicherung bezahlen. Arbeit gab es genug, nur das Geld wurde knapp.

Sogar als Gärtner und Verkäufer hat Karl gearbeitet. Das war von uns so nicht geplant gewesen.

Ein Gedanke spukte uns außerdem noch im Hinterkopf herum: Meine Endoprothese sollte noch etwa 20 Jahre noch halten. Und was dann?

Für eine Untersuchung ins nächste spanische Krankenhaus fuhren wir fast 60 km und natürlich hatten sie dort so etwas wie meinen Arm noch nie gesehen. Dann noch das übliche Blutabnehmen und ein Röntgenbild.

Aus dem „für immer in Spanien zu Hause sein" wurden nur zweieinhalb Jahre. Wir suchten einen Weg zurück nach Deutschland. Wir hatten genug von allem!

Neues aus der Medizin

17 Jahre nach meinem Ewing-Sarkom, im April 1992, las ich in der Illustrierten *Quick* einen Artikel über einen Professor der Universitätsklinik Münster, der Kinder, die an Knochenkrebs erkrankt waren und von anderen Ärzten als hoffnungslos aufgegeben worden waren, mit einer Technik operierte, die er als einer der wenigen Mediziner in Europa beherrschte: der „Biologischen Rekonstruktion". Die gedrehte Schlüsselbein- und die umgedrehte Unterschenkel-Technik stammen von ihm.

Ohne die Bilder des Artikels, den ich heute noch habe, hätte ich diese Technik nicht verstanden. Denn es wird der erkrankte Teil des Knochens operativ entfernt, z. B. der Oberschenkel und das Knie. Der Unterschenkel wird gerettet, was früher nicht möglich war, und mit dem Fuß nach hinten wieder eingesetzt, was es ermöglicht, den Fuß als Kniegelenk umzufunktionieren. Dazu benötigt man dann nur noch eine kleinere Prothese. Vor der Operation muss eine hochdossierte Chemotherapie gemacht werden.

Es waren Fotos von Kindern und eines jungen Mannes, die nach der Operation ein fast normales Leben führen konnten, mit Reiten, Tanzen und mehr. Ich habe mich für all diese Kinder und Jugendliche, die überlebt und eine Zukunft dank dieses Verfahrens hatten, sehr gefreut und wünschte ihnen ein langes und gesundes Leben. Leider konnte man aus dem Artikel nicht erfahren, ob der Arzt auch Patienten mit Ewing-Sarkom behandelt hatte.

Meine letzte Untersuchung in der Endo-Klinik war im Juli 1993. Aus dem ärztlichen Bericht von damals zitiere ich einen kleinen Teil, den Dr. med. E. Engelbrecht unterschrieben hat:

Diagnose: *Zustand nach Ewing-Sarkom li. Humerus mit Telekobaltbestrahlung 1974 und zytostatischer Therapie.*
1976 Implantation einer totalen Humerusendoprothese li. Pfannenentfernung 1980.

- Die Schulter-Kopfprothese steht klinisch wie röntgenologisch einwandfrei.
- Die Narbenverhältnisse sind reizlos.
- zeigt sich ein unverändert guter Befund der Humerus-Totalprothese ohne Zeichen eines lokalen Tumor Rezidivs.
Wegen Beschwerden im Schulter-Nackenbereich habe ich Frau ... empfohlen, eine gezielte krankengymnastische und physiologische Therapie durchzuführen.

Ich war sehr froh, dass nach so vielen Jahren meine Endoprothese wie am ersten Tag stand.

Wie ein Baum

Das Leben hält seine Überraschungen bereit. Wir kamen zurück nach Deutschland, aber es besserte sich nichts: Absagen überall.

Eines Abends musste ich den Notarzt rufen und Karl wurde mit Bauchspeicheldrüsenentzündung ins Krankenhaus eingeliefert. Von heute auf morgen kein Essen, kein Trinken, nicht rauchen, künstlich ernährt. Fünf Wochen lang! All das hat ihn noch mehr verändert. Nicht nur, dass er so viel abgenommen hat, nein, die ganze Enttäuschung und Bitterkeit der letzten Jahre hatten ihre Spuren hinterlassen.

Ohne Beruf Arbeit zu finden, ist nicht einfach. Ich hatte einen Fernlehrgang im Bereich Antiquitäten gemacht und als Reiseleiterin gearbeitet, aber das hat gereicht für Babysitten und Spanischunterricht.

Karl hatte bisher das Geld verdient und hat es nicht richtig verkraftet, dass ich jetzt arbeitete. Wir hatten uns schon lange vorher entfremdet, ohne es zu merken.

Wir sind wie ein Baum, denke ich, dessen Blätter in ganz verschiedene Richtungen wachsen und nie mehr zueinanderfinden, obwohl sie den gleichen Stamm haben.

Die Menschen ändern sich, nicht nur mit den Jahren, sondern auch mit den Erfahrungen, die sie machen, und passen dann nicht immer zusammen. Viele gehen Kompromisse ein oder machen Versprechungen und halten sich daran. Andere nicht.

Eine Bekannte kam eines Tages mit einem Zeitungsausschnitt zu mir und erzählte, dass sie ihn schon seit ein paar Tagen in der Tasche trage, aber immer vergessen hatte, ihn mir zu geben. Ihr Mann hätte es gelesen und fand, ich solle mich bewerben.

Es war eine Anzeige der Universität, die eine Bibliotheksaufsicht suchte. Ich bekam die Stelle sofort. Als 80-%-Schwerbehinderte und als solche akzeptiert wurde ich von Seminarleiter und allen Kolleginnen herzlich aufgenommen. Ich arbeitete immer vier Stunden am Nachmittag.

Einige Monate später zog ich aus unserer gemeinsamen Wohnung aus.

Karl ging nach Spanien zurück.

Der Weg ging weiter

Ohne ihn war meine Freude am Leben verschwunden. Ich funktionierte, aber mehr nicht.

Im ersten Jahr der Trennung wog ich weniger, als zur Zeit meines Sarkoms. Ich weinte, so oft ich konnte, bin morgens extra früh aufgestanden, um in Ruhe beten und weinen zu können. Ich war allein in dieser schönen Stadt, ohne Freunde und in einem winzigen möblierten Appartement mit Balkon.

Ich verdiente so wenig, dass ich weiter privat Spanisch unterrichten und abends als Babysitter arbeiten musste.

Ich gab nach 25 Jahren das Rauchen auf, nicht nur wegen des Geldes, sondern weil ich mich im Spiegel ansah und blass, dünn und traurig aussah. Ich dachte, so könne es nicht weitergehen. Das Leben ist ein ganz besonderes Geschenk und ich musste es weiterleben, aber ohne Karl wusste ich nicht wie!

In der Volkshochschule hatte ich zwei Frauen aus verschieden Ländern kennengelernt. Ich werde sie Mercedes aus Kolumbien und Helena von einer karibischen Insel nennen. Ich freundete mich mit ihnen an, aber an den Wochenenden war ich trotzdem alleine, denn jede hatte ihr eigenes Leben.

Ja, die Wochenenden ... Ein Mal konnte ich nicht mehr und rief meine Schwester Amelie an. Ich bat sie um einen Termin, ich brauchte ihre professionelle Hilfe als Psychologin. Wir haben ein ganzes Wochenende lang geredet und es tat mir gut zu erkennen und zu akzeptieren, dass man eben alleine klarkommen musste, wenn man alleine war.

Früher bin ich durch die Welt gereist, jetzt kommt die Welt eben zu mir, sagte ich mir, als Studenten aus aller Herren Länder tagtäglich an mir vorbeigingen.

Ich lernte interessante Leute kennen, nicht nur an der Uni, sondern auch durch meinen Spanisch-Nachhilfeunterricht. Mit der Zeit verlor ich einige meiner Schülerinnen, aber dafür gewann ich sie als sehr gute Freundinnen.

Irgendwann fing ich wieder an Yoga zu machen, wurde ruhiger, aber meine Traurigkeit blieb.

Mercedes lud mich fast jeden Tag nach meiner Arbeit zu sich nach Hause ein. Sie hatte vor Kurzem erst geheiratet und erwartete ihr erstes Kind. Sie war den ganzen Tag allein und so haben wir zusammen Mittag gegessen und viel geredet.

Bei einem unserer langen Gespräche sagte sie zu mir, es wäre Zeit aufzuhören, immer nur an mich selbst zu denken und stattdessen an die anderen, die mich brauchten.

„Wie bitte? Mich braucht niemand!"

„Nein, dich brauchen viele Menschen und du sollst auch etwas von dir geben."

„Ich soll was geben? Ich habe selbst nicht viel."

„Du hast Zeit, du bist jung, gesund und du hast dein Lachen. Sei wieder fröhlich. Geh in die Altenheime, sie sind voll einsamer alter Menschen, die niemanden haben, mit dem sie reden oder spazieren gehen können. Du kannst direkt hier um die Ecke anfangen, dort ist ein Altenheim."

Ihr Rat war die beste Medizin für meine kranke Seele.

Ich ging tatsächlich in das Altenheim um die Ecke und sah, wie viele dieser alten Menschen von ihren gelebten Leben nicht mehr viel hatten, manche noch nicht einmal mehr eigene Erinnerung. Keine Familien, Bekannte, Freunde. Manche wurden einfach dorthin gebracht und vergessen.

Ich sah eine sehr alte Dame, hübsch gekleidet mit ihrer Tasche auf dem Schoß und mit dem Gesicht zur Wand. Ich ging zu ihr, um mich vorzustellen. Sie sagte: „Schön, dass Sie kommen, ich habe auf Sie gewartet."
„Hat die Dame mich verwechselt?", fragte ich die Pflegerin.
„Nein", sagte sie, „sie ist blind, sitzt jeden Nachmittag dort und wartet einfach. Aber es kommt nie jemand, sie hat niemand mehr."
„Jetzt hat sie mich, ich werde sie besuchen."

Ich sagte zu mir: „Wenn ich meine Liebe nicht einer Person geben kann (damit meinte ich Karl), dann werde ich meine Liebe an viele alte Menschen geben. So haben viele etwas davon und nicht nur einer!"
Ich besuchte das Altenheim zweimal die Woche. Es war nicht nur für die alten Menschen eine Freude, sondern auch umgekehrt: Auch für mich war es eine Freude und ich wurde ruhiger und zufriedener. Die Erfahrung, etwas von sich zu geben, war mir neu und mit gar nichts vergleichbar.
Langsam aber sicher bekam mein Leben einen Sinn. Ich erkannte, dass es Wichtigeres gab, als sich nur um mich selbst und meinen Liebeskummer zu kümmern, nämlich für andere da zu sein!

18 Jahre lang besuchte ich ehrenamtlich verschiedene Altenheime, denn ohne diese Aufgabe konnte ich mein Leben nicht mehr meistern.

Israel

An der Straßenbahnhaltestelle auf dem Weg nach Hause habe ich oft nette Leute getroffen und sehr gute Freundinnen kennengelernt.

Eine war Spanierin, ich werde sie Maria del Socorro nennen. Sie lebte allein und hatte wenige Bekannte, genau wie ich. Nach unseren Feierabenden haben wir uns oft getroffen. Es stellte sich heraus, dass wir in derselben Maiwoche Geburtstag hatten. Und außerdem auch denselben Wunsch: nach Israel zu fliegen. Aber allein?

Jetzt waren wir zwei.

So fassten wir den Plan, dass sich jede diese Reise selbst zum Geburtstag schenken sollte.

Für sie war Geld kein Thema, sie hatte eine sehr gut bezahlte Stelle. Für mich auch nicht, ich hatte nämlich keines. Aber ich hatte fast ein Jahr Zeit, um für diese tolle Reise zu sparen.

Zum Geburtstag hatte ich mir noch nie etwas geschenkt, auf die Idee war ich bisher nicht gekommen. Aber jetzt, wo ich allein war, wer sollte noch meine Wünsche erfüllen ...? Ich – wer denn sonst!

Diese schöne Gepflogenheit, mir zum Geburtstag und zu Weihnachten selbst etwas zu schenken, habe ich bis heute beibehalten. Irgendwann habe ich erkannt, dass der Wert eines Geschenks oft von dessen Preis abhängig gemacht wird. Solche Erwartungen wollte ich nie mehr anderen gegenüber haben. Deshalb beteilige ich mich immer zur Hälfte an meinen eigenen Geschenken, wenn sie zu teuer sind.

Endlich, nach Monaten der Planung, ging die Reise los, drei Tage vor meinem 40. Geburtstag.

Die letzten zwei Jahre hatte ich jeden Tag geweint, nachdem ich aus unserer gemeinsamen Wohnung ausgezogen war. Voller Schuldgefühle und Trauer war ich nicht nur auf einer Urlaubsreise, sondern auf der Reise meines Lebens, *der Reise* zu mir selbst.

Eine einwöchige geführte Rundreise zu all diesen bedeutenden Plätzen voller Geschichte und Spiritualität für so viele Menschen dieser Erde lag vor uns.

Wir besuchten die Altstadt von Jerusalem, die Via Dolorosa, die Klagemauer, die Grabeskirche.

Was in der Grabeskirche um mich herum geschah, konnte ich nicht richtig wahrnehmen. Jede Menge Leute, man konnte sich kaum bewegen, alle gingen von einem Altar zum nächsten, ich auch.

Es war vielleicht meine Einstellung und diese besondere Atmosphäre, die mich so sehr berührten.

Ich ging an eine kleine steile Treppe: Golgatha, dort wo der Überlieferung nach Jesus gestorben ist. Ich sah einen Altar und darunter einen großen durchsichtigen Kasten. Die Pilger warfen Geldscheine hinein und gingen weiter.

Ich kam an diese heilige Stätte, nicht um dem Geber aller guten Gaben Geld zu geben. Nein, ich kam, um ihm meine Vergangenheit, meine Trauer und Reue zu geben. Und um ein neues Leben, ohne Traurigkeit zu bitten.

Ich trug meinen Ehering an einer Halskette statt am Finger. Ich zog ihn von der Halskette und warf ihn in diesen großen durchsichtigen Kasten als Symbol meiner Bereitschaft loszulassen und im Vertrauen darauf, dass er alles regeln würde, wie er es bisher auch getan hatte.

Diese Reise war für mich ein Befreien von allen Ketten, die ich mir selbst angelegt hatte. Die Vergangenheit kommt nicht zurück, aber die

Zukunft kommt erst noch und ich kann sie wunderbar gestalten oder eben nicht. Es hängt an mir, wie ich ab jetzt handle.

Eine kurze und harmlose Urlaubsbekanntschaft schenkte mir an meinem Geburtstag Blumen, ging mit mir Essen und zeigte mir Jerusalem bei Nacht von einem besonderen Aussichtspunkt aus. Das stärkte auch mein Selbstbewusstsein und ich dachte, alles fängt schon sehr gut an.

Nazareth, Jericho, Golanhöhen, See Genezareth, die Festung Masada, das Tote Meer, in dem natürlich fürs Fotoalbum gebadet und Zeitung gelesen wird. Tel Aviv, wo sich Maria del Socorro in einer Diamantschleiferei Diamantohrringe schenkte. Alles bleibt unvergessen, so wie auch Marc Chagall und seine schönen Fenster und vieles mehr.

Erneut fand ich mein inneres Gleichgewicht wieder und machte das Beste aus meiner Erfahrung.

Die Freundschaft mit Maria del Socorro hielt nicht lange. Ihre Arbeit in Deutschland war zeitlich auf vier Jahre begrenzt. So ging sie eines Tages nach Spanien zurück und der Kontakt brach ab.

Ägypten

An der Uni sah ich jeden Tag viele Studenten, aber nur wenige blieben an der Aufsichtstheke stehen und redeten etwas länger über Alltagssachen oder von ihrer fernen und exotischen Heimat. Manche wurden richtige Freunde und hielten den Kontakt auch Jahre nach dem Ende ihres Studiums. Eine solche Freundin war Hoa.

Sie war eine junge Frau mit einer starken Ausstrahlung, nicht nur durch ihr exotisches Aussehen. Wir redeten oft und gingen in der Mensa essen oder trafen uns einfach so. Sie hatte immer Interessantes zu erzählen, von Sitten und Gebräuchen ihrer fernen Heimat. Ich hörte fasziniert zu.

Wir entschlossen uns gemeinsam eine Reise zu unternehmen, da wir beide Sternzeichen Stier waren. Das war wieder eine gute Gelegenheit, den Geburtstag mit einer Reise zu feiern.

Wohin?

Reisen war damals etwas nicht Alltägliches, sondern immer noch etwas Besonderes und teuer dazu.

Nach vielem Hin und Her und nur, weil es kurz vorher einen terroristischen Anschlag gab und dadurch viele Reisen storniert wurden, erfüllten wir uns den Traum von einer Nil-Kreuzfahrt mit einem 5-Sterne-Schiff. Wir konnten es nicht glauben, als wir die Tickets in Händen hielten.

Es war, wie man es sich vorstellt und als Tourist wünscht. Alles perfekt, sogar in einem so engen Raum wie dieser kleinen Kajüte: Zwei Menschen, die sich nicht richtig kennen, aber sich bemühen, Rücksicht aufeinander zu nehmen.

Die Ausflüge begeisterten mich – all diese Tempel!

Jeden Tag wo anders, ohne das Hotel zu wechseln, einfach auf dem Deck sitzen und die wunderbaren Sonnenuntergänge bewundern. In meinem Ersteindruckserinnerungskästchen sind die Sonnenuntergänge Ägyptens die schönsten überhaupt!

Als wir im Tal der Könige am Eingang von Tutanchamuns Grab waren, blieb ich auf einer kleinen Bank draußen sitzen, die sehr gut für Erinnerungsfotos geeignet war.

Nein, ich werde dort nicht hineingehen, dachte ich, obwohl es mein Kindheitstraum gewesen war, Ägyptens beeindruckende Bauwerke zu besichtigen, ihre archäologischen Schätze zu bewundern. Und dieses Grab war ein ganz wichtiges von ihnen.

Der Gedanke daran, dass ich ja die Welt noch sehen musste, half mir zu überleben. Deswegen reiste ich immer wieder: um Welt zu erkunden.

Warum auf einmal diese Überlegung?

Es war der Weg, der mir wichtig war, und nicht das Ankommen. Zu wissen, ich habe meinen Traum gelebt.

Es war der Wille, dort anzukommen und es zu verwirklichen!

Das Betreten der Grabkammer oder es sein zu lassen, war auf einmal für mich nicht mehr von Bedeutung. Das Innere konnte ich später noch auf Bildern sehen. Aber *der Wille* war, das Unmögliche möglich zu machen, und ich bin diejenige, die entscheidet, was mir wichtig ist und was nicht.

Um die Welt zu erkunden, musste ich nicht alles mit den Augen sehen, ich musste es mit allen Sinnen erleben.

Und ich bin draußen auf dieser kleinen Bank geblieben und natürlich habe ich ein Erinnerungsfoto von jemanden machen lassen.

Neue Umgebung

Ich lebte ein paar Jahre in dem kleinen Einzimmerappartement und träumte oft von einer Wohnung einige Häuser weiter, in einem schönen, weißen, mehrstöckigen Hochhaus. Aber da war nichts zu machen, die Miete war zu teuer für mich.

Allgemein war es eine schöne Gegend, in der ich wohnte, die alles in der Nähe hatte, was man so im Alltag brauchte: Supermarkt, Bank, Arzt, kleinere Geschäfte und die Busverbindung zur Uni, meinem Arbeitsort, war auch sehr gut. Hier wollte ich gerne bleiben, denn einige meiner Freundinnen wohnten auch bloß zehn Minuten zu Fuß von mir entfernt. Das war mir wichtig.

Emma zum Beispiel. Sie ist künstlerisch sehr begabt, gebildet, sensibel und fröhlich. Sie probiert ständig neue Kochrezepten aus, sogar aus anderen Jahrhunderten, und lud mich häufig zum Essen ein, was immer verbunden war mit tief gehenden Gesprächen über Literatur oder sonstige Themen.

Sie hatte eine Büchersammlung! Und ich hatte die reinste Freude daran, so viele davon zu lesen wie möglich. Sie kaufte die Bücher, hatte aber keine Zeit sie zu lesen, und so wurde ich sozusagen ihre Leserin. Die Bücher stapelten sich überall in ihrer Wohnung, oft verschenkte sie sie an ihre Familie, an Freunde oder Bekannte, anstelle von Blumen oder Süßigkeiten.

Es waren keine Romane, sondern Ratgeber fürs Leben aus viele Perspektiven, Ländern und Religionen, philosophische und naturheilkundliche Werke, Biografien und vieles mehr.

Ich las viel und gerne. Manchmal stapelten sich auf meinem Nacht-schränkchen sieben Bücher, in denen ich jeden Tag las. Das machte ich jahrelang so, bis Emma umzog.

Wir telefonieren heute noch ab und zu.

Mercedes ging zurück in ihre Heimat, aber ihre Schwester Victoria blieb.

Sie ist eine sehr lustige Frau und einfallsreich. Für alles hat sie eine praktische Lösung parat. Wir lachten viel. Ab und zu blieb sie über Nacht bei mir, und wir lachten weiter bis tief in die Nacht.

Ihr tiefer Glaube und ihre Weisheit waren mir immer eine Lehre.

Einer ihrer Lieblingssprüche ist: *Schau, dass du niemandem schadest, mit dem, was du machst.*

Ich hatte mein Leben jetzt im Griff –.

Meine Arbeit an der Uni, jeden Nachmittag.

Zweimal die Woche Besuche im Altenheim.

Spanischnachhilfe

Einmal die Woche blinde Damen besuchen, um ihnen behilflich zu sein, z. B. bei Einkäufen, kleinen Spaziergängen, beim Postsortieren oder um ihnen einfach zuzuhören.

Diese neue ehrenamtliche Aufgabe der Blindenbegleitung tat mir sehr gut. Ich konnte ein wenig nachempfinden, wie das ist, nicht zu sehen, weil ich immer nur mit einem Auge gesehen und meine Jahre der Dun-kelheit in der Kindheit nicht vergessen habe. Mehr als 15 Jahre habe ich diese schöne Aufgabe gewidmet.

Ich war zufrieden, dankbar und glücklich. Es gab keinen Raum mehr für Tränen und Trauer um die Vergangenheit.

Bei meiner Arbeit an der Aufsicht brauchte und hatte ich keinen Computer. Die Ausleihe lief noch über Zettel, alles handgeschrieben. Die Bücher waren natürlich Fachbücher.

Tageszeitungen hatte das Seminar viele, auf die wir auch einen Blick werfen konnten, wenn es ruhiger war.

Am 29. Januar 1997 las ich in der Arbeit, dass Frau Irma Blohm gestorben war. Ich rief noch am selben Abend die Nummer, die ich damals vor über 20 Jahren immer gewählt hatte, an und ihre Tochter war am Apparat. Natürlich war sie vor allem sehr traurig über den Verlust ihrer Mutter, aber ein wenig merkte ich, dass sie sich über meinen Anruf freute. Der Kontakt war über die Jahre etwas eingeschlafen, aber die Beziehung war fest in meinem Herzen verankert.

Ich habe den Zeitungsausschnitt bis heute aufbewahrt.

Das Appartement, in dem ich wohnte, wurde noch kleiner, als ein alter, gestreifter Kater als Mitbewohner einzog. Aber genau dieser alte traumatisierte Kater kam mir zu Hilfe, denn durch ihn lernte ich Erika kennen, eine Nachbarin, die genauso katzenverrückt war wie ich. Wir sahen uns öfter im Treppenhaus. Sie kam Tarzan, den Kater, besuchen und brachte ihm immer eine Leckerei mit, sodass Erika die Einzige war, die Tarzan streicheln durfte. Ich war nur die Dosenöffnerin.

Ich wollte endlich ein Zuhause haben, mit einem richtigen Bett, und nicht mehr bloß mit ausklappbaren Sofas, einem Kleiderschrank und einem Wohnraum, in den ich alle meine neu gewonnenen Freundinnen einladen konnte.

Etwas hatten sie alle gemein: Sie waren sehr fröhlich und lebten allein. In ihrer Nähe lernte ich, dass allein zu sein nicht bedeutet, einsam zu sein.

Erika half mir, eine kleine Wohnung zu besorgen. Als ob das nicht schon genug gewesen wäre, tapezierte sie sie auch, besorgte Möbeln und vieles mehr.

Wir gingen ab und zu gemeinsam aus und hatten viel Spaß miteinander.

In meiner neuen Umgebung fühlte ich mich sehr gut. Die Wohnung hatte zwei Zimmer, Bad, Küche und Balkon, eine gute Anbindung zur Stadt, zur Uni, zu den Museen und zum Fluss. Alles war gut erreichbar mit dem Bus oder der Straßenbahn.

Um die Ecke links fuhr der eine, um die Ecke rechts der andere Bus. Acht Minuten geradeaus zu Fuß die Straßenbahn und 15 Minuten zu Fuß links die andere Bahn. Was will man mehr?!

Ein paar Monate später fingen Abszesse an, sich links und rechts an meinen Leisten zu bilden, groß und eitrig.

Das wurde zum richtigen Problem, denn ich musste morgens zum Arzt. Morgens, weil ich nachmittags arbeitete.

Das frühe Aufstehen ist für mich nicht nur schlimm, es ist etwas Furchtbares! Ich kann dann nicht richtig schlafen und zähle die Stunden, die ich noch zum Schlafen habe. Dabei werden sie immer weniger, bis der Wecker endlich klingelt und ich aufstehen muss.

So unausgeschlafen, bin ich aus der Wohnung nach links, um den Bus zu nehmen. Leider war der schon weg. Dann eben zurück und rechts herum, mit dem anderen Bus. Der kam aber erst in 15 Minuten und dann auch noch mit Verspätung. Gut dann eben mit Verspätung in die Praxis.

Der Hautarzt fand nichts. Ich sollte zum Allergologen. Dann also dorthin in ein paar Tagen. Bis dahin hatte ich insgesamt vier oder fünf Abszesse.

Wieder nach links zum Bus. Der kommt aber erst in zwanzig Minuten, also dann geradeaus mit der Bahn, vielleicht bin ich so pünktlich in der Praxis. Und ja, ich war pünktlich, aber nur mit Mühe.

Manchmal bin nachmittags nach Hause gefahren, um mich vor der Arbeit etwas auszuruhen. Natürlich ging ich etwas früher aus dem Haus, für den Fall, dass der Bus schon weg wäre. Dann konnte ich noch in aller Ruhe auf den anderen warten. Nachmittags hatte ich mehr Zeit.

Der Allergologe fand auch nichts. Für ein paar Tests musste ich also noch einmal morgens kommen.

Wie sollte ich fahren, mit dem Bus oder der Bahn? Nach links, nach rechts, geradeaus … egal wo ich ankam, war entweder der Bus schon weg oder er kam erst in 15 Minuten oder er fiel aus. Für die Straßenbahn war es dann zu spät.

Alle Tests waren in Ordnung. Ich wurde zum Chirurgen geschickt, damit dieser die Abszesse vielleicht operierte.

Das machte dieser auch und dann sollte ich wieder zum Hautarzt.

Wie komme ich am besten pünktlich zum Hausarzt? Mit dem Bus? Der Bahn? Zu Fuß?

Es wurden immer mehr Abszesse, um die zwölf waren es schon. Alle meine Freundinnen gaben mir gute Tipps, was ich essen oder trinken sollte, welche Salben oder Tinkturen oder Hausmittel der Mutter helfen würden. Was habe ich alles geschluckt … und nichts half.

Der Hautarzt meinte, ich solle in die Hautklinik und mich dort gründlich untersuchen lassen.

Ich war so verzweifelt! An beiden Oberschenkeln zwei oder drei Abszesse gleichzeitig. Ein dicker Verband und Kleidung, die auf diese Stelle drückte. Das Gehen wurde mühsam – oh Gott, was sollte ich bloß machen?

Eines Abends saß ich in meinem kleinen Wohnzimmer und bat diese Macht, die mich immer behütet, in aller Ruhe um Hilfe.

Ich versuchte innerlich alles zu rekonstruieren, was ich gemacht hatte, seit ich in diese schöne Wohnung eingezogen war.

Und ... da war etwas.

Mein Verhältnis zur Zeit: Ich habe nämlich keines. Ich wollte die Zeit leben und mich nicht nach ihr richten.

Ich wollte *nicht wissen*, wann der Bus oder die Bahn oder die Straßenbahn fährt. Von Anfang an habe ich alle Wege auf diese Weise gemacht und kam überall zu spät an. Wegen der ärztlichen Untersuchungen musste ich zudem öfter fahren und so wurde natürlich auch der Stress größer und die Abszesse kamen öfter. Es war *ein Kreislauf*, den ich ändern musste, und zwar sofort.

Ich besorgte mir die Bus- und Straßenbahnfahrpläne und klebte sie an die Küchentür.

Jeden Tag schaute ich nun, wann und wo, welcher Bus oder welche Bahn abfährt und ging genau dort hin, um pünktlich zur Arbeit zu kommen. Zum Arzt musste ich nicht mehr ... der 14. Abszess ist von selbst eingetrocknet.

Es gibt immer wieder was zu lernen im Leben, dachte ich mir. *Man muss sich ändern, wenn es erforderlich ist.* Mein eigener Kompromiss war: Ich schau auf den Fahrplan, aber ich trage trotzdem immer noch keine Uhr!

Mein inneres Gleichgewicht, auf das ich so viel Wert lege, war wiederhergestellt.

Mein Leben ging weiter, jetzt konnte ich wieder Yoga machen.

Eine Zeit lang hatte ich versucht, im Fitnessstudio etwas für meine Gesundheit und Figur zu machen, aber nur auf dem Laufband oder

Ergometer zu trainieren war zu wenig. Und mehr ging mit meinem linken Arm nicht: Meiner Endoprothese könnte etwas passieren und mein rechter Arm brauchte kein Training, der arbeitete schon im Alltag für zwei. Also kein Fitnessstudio mehr.

Ich fing an, alleine zu verreisen, denn es gab niemanden, der mit mir fahren konnte oder wollte.

Kreta, Malta, Portugal und so weiter …

Beim Kofferpacken achtete ich darauf, dass ich ihn alleine tragen konnte. Und ebenfalls achtete ich darauf, so wenig Handgepäck wie möglich mitzunehmen, denn beim Tragen werden meine beiden Arme sehr belastet.

Ich genoss das Alleinsein, aber fing an, das Leben zu zweit zu vermissen.

Ein gebrochener Finger

Ist an sich eine Kleinlichkeit, aber manche haben es damit schwerer als andere.

Nach der Arbeit wollte ich die U-Bahn nehmen und bin auf der nassen Marmortreppe vor der U-Bahn-Station hingefallen. Zum Glück auf meine rechte Seite.

Nach dem Schreck nahm ich die Bahn und bin nach Hause gefahren. Aber etwas stimmte nicht, die Leute schauten irgendwie erstaunt.

Ich dachte, ich hätte mir vielleicht beim Fallen das Gesicht sehr beschmutzt oder so etwas. Meine rechte Hand tat weh. Logisch, ich war ja darauf gefallen.

Familienmitglieder von meiner Freundin Erika wohnten im selben Haus wie ich. Ich klingelte also bei ihnen in der Hoffnung, sie würden mir etwas Gesellschaft leisten und mich auf diese Weise beruhigen.

Erika machte die Tür auf und schaute mich erschrocken an: „Was ist mit dir passiert?"

„Bin hingefallen, auf die rechte Seite", und zeigte meine Hand.

„Wir müssen ins Krankenhaus, das sieh nicht gut aus."

Sie fuhr mit mir ins Krankenhaus und wartet stundenlang mit mir.

„So eine Freundin muss man haben!", sagte mir einmal eine andere gute Freundin.

Die Ärzte begutachteten meine Prothese, brachten Ihre Verwunderung über die Tatsache zum Ausdruck, dass jemand ein Ewing-Sarkom so viele Jahren ohne Amputation, stattdessen mit einer solch großen Endoprothese, die noch keiner gesehen hatte, überlebt hatte. Nach schier endlosem Warten und zusätzlichem Röntgen, stellte sich schließlich heraus, dass mein rechter Ringfinger an zwei verschiedenen Stellen gebrochen war.

„Ein etwas komplizierter Bruch, aber mit einem dünnen Metallstift, der das Zusammenwachsen der Knochen fördern wird, wird der Finger wieder gesund. Natürlich muss dieser Metallstift bei einer Operation unter Narkose eingesetzt werden."

Noch mehr Metall in meinem Körper und auch noch unter Narkose? Nein, vielen Dank, dachte ich. Auch die die Blutabnahme ging mir durch den Kopf und ich fragte mich, in welche Vene gestochen werden sollte. Und wer garantierte mir, dass ich unter Narkose auf die richtigen Seite liege würde und mir nicht meine linke Schulter und meinen linken Arm verdrehen würde?

„Gipsen Sie mir den Finger lieber ein, bitte. Das wird schon gut gehen. Meine Knochen heilen gut, ich weiß es, auch ohne Metallstift."

„Einen Finger kann man nicht so einfach eingipsen. Wenn, dann die ganze Hand bis zum Ellenbogen."

„Nein, das geht auch nicht. Ich brauche mindestens drei freie Finger, ohne Gips. Sehen Sie, dass ich mit meiner linken Hand mein Gesicht nicht berühren kann? Es kommt, weil meine Schulter sich nicht selbstständig bewegen kann. Kämmen, Zähne putzen, Duschen geht alles dann nicht mehr. Bei mir gilt im wahrsten Sinne des Wortes: Eine Hand hilft der anderen."

„Okay. Ganz überzeugt bin ich nicht, dass es ohne Metallstift gut heilt", sagte der Arzt. „Nur, weil hier wegen Ihrer Prothese eine ungewöhnliche Situation vorliegt, machen wir es trotzdem. Aber nur zwei Finger werden außerhalb des Gipses sein."

Nach diesem basarartigen Verhandeln bekam ich meine rechte Hand bis zum Ellenbogen eingegipst. Den Daumen und den Zeigefinger konnte ich bewegen. Ich kam gut damit zurecht.

In dieser schwierigen Lage erkannte ich wieder den wahren Wert von Freundschaft.

Alle waren für mich da und halfen mit Schreibangelegenheiten – es handelte sich um einen Arbeitsunfall –, beim Einkaufen, Kochen, sogar beim Putzen meiner Wohnung. Ich danke Gott dafür, dass es Freundinnen gibt!

Erika warnte mich vor der langen Zeit, die es brauchen würde, bis ich den Finger wieder ohne Schmerzen bewegen konnte. Sie hatte Erfahrung damit. Und tatsächlich! Es dauerte viele Monate. Ich machte Physiotherapie und blieb ruhig.

Heute kann ich meinen Ringfinger wieder perfekt bewegen.

Die Sorge, dass nie wieder ein Ehering an den gebrochenen Finger passen würde, war unbegründet.

Mit diesem Thema beschäftige ich mich nämlich langsam wieder, obwohl ich nicht vorhatte, mich scheiden zu lassen. Das wollte ich erst machen, wenn der Richtige käme, der mit mir diese ganze Aufregung durchzieht.

Ich hatte eine Beziehung, aber *nur ich* hatte die Beziehung. Er hatte mehrere und hat gewusst, damit so umzugehen, dass niemand etwas merkte.

Eines Abends rief eine Frau bei mir an und erzählte, dass sie mit ihm gerade in Urlaub war, er einen Schlaganfall erlitten hätte, und dass er jetzt im Ausland im künstlichen Koma liege. Weiter sagte sie, dass es noch andere Frauen gäbe, wie sie jetzt selbst erfahren hatte. Sie wollte mir nur Bescheid sagen, selber wollte sie gar nichts mehr damit zu tun haben.

Es war ein Schock für uns alle: für seine Familie und uns insgesamt vier Frauen. Verstanden haben wir es nicht.

Er hat uns zum Teil nicht mehr erkannt, war gelähmt und später im Rollstuhl. Das Gedächtnis kam nicht vollständig zurück, er blieb geistig behindert.

Anfangs besuchte ich ihn. Später zog ich mich zurück und versuchte, das alles ohne Verbitterung und ohne negative Gefühle zu verarbeiten.

Zwischenbilanz

Es hat einige Zeit gedauert, bis ich diese traurige Liebesgeschichte als Teil meiner Vergangenheit ansehen konnte. Irgendwann war es aber so weit.

Mitte vierzig, alleinstehend aber nicht einsam.

Ich hatte einen schönen Arbeitsplatz an der Universität mit einem guten Arbeitsklima und internationalem jungen Publikum.

Meine Wohnung gefiel mir nicht mehr richtig, jetzt wo mein Kater gestorben war.

Ich war bei der Deutschen Krebs-Stiftung in meiner Stadt gemeldet, falls jemand mit mir telefonisch Kontakt aufnehmen wollte, um mit einer Überlebenden über das Thema Ewing-Sarkom zu reden.

Ab und zu riefen besorgte Eltern oder Großeltern an und ich versuchte, ihnen Kraft zu geben für diese schwere Zeit, die sie gerade durchmachten.

Mit meinen Freundinnen unternahm ich vieles, die Wochenenden waren nie langweilig.

Von Kinobesuchen über Salsa tanzen bis zu Besuch von Flohmärkten und Kaffeekränzchen, spontanen Autofahrten an die Nordsee oder einfach mal lang ausschlafen und Fernsehen schauen.

Meine Geburtstage und Weihnachten waren nie mehr traurig.

Ich wurde eingeladen, manchmal wollte ich lieber für mich sein. Zu Hause packte ich dann meine selbst gekauften Überraschungen aus und freute mich sehr.

Ich schenkte mir schönen Schmuck, den meine Freundin Petra in ihrer Schmuckwerkstatt für mich angefertigt hatte, oder ich machte eine Reise.

Mit meiner Familie hatte ich wenig Kontakt, außer mit meinem Bruder Thomas. Ich dachte, jeder geht seinen eigenen Weg und eines Tages werden wir uns mal treffen. Hauptsache es geht allen gut und sie sind glücklich.

Ich war in meiner Mitte angekommen und wusste jetzt, was ich wollte:
Mein Leben mit dem richtigen Mann teilen.

Der Richtige für mich

Mit zunehmendem Alter ist es nicht mehr so einfach, zu tun, was der Partner möchte. Wir sind fertige Menschen, haben den größten Teil unseres Lebens schon gelebt und ziemlich genaue Vorstellungen davon, was wir wollen und was nicht.

Meine gewonnene Identität werde ich nie wieder aufgeben, um etwas zu beweisen. Ihm werde ich die gleiche Freiheit geben, die ich für mich brauche. Nie mehr soll ein Mann seine Hobbys für mich aufgeben oder ich meine für ihn.

Ich wünschte mir jemanden, mit dem ich meine schlechte Laune teilen konnte, die ich immer bekomme, wenn ich Hunger habe, jemanden, der so etwas versteht. Dafür würde ich ihn dann zum Lachen bringen, wenn es nichts zu lachen gibt, ihn mit meinen unzähligen Anekdoten wachhalten, wenn ich nicht schlafen kann. Seine Sorgen als meine betrachten, ihm bei seinen Problemen helfen, eine Lösung zu finden, in guten und schlechten Zeiten und vieles mehr.

Ein Mensch mit großem Herz und Mitgefühl für seine Mitmenschen. Treu, ohne Vergangenheit, gebildet und auf jeden Fall jemand, der gerne tanzt. Wenn er dann auch noch gut aussieht und gute Zähne und Haare hat, das wäre toll. Gibt es so jemanden noch?

Wo kann ich meine Bestellung abgeben?

Eine weitere Bedienung stelle ich noch: Er muss ebenfalls eine Krankheit haben.

Warum?

Weil jemand, der eine Krankheit hat, das Leben schätzt und respektiert und mir das sehr wichtig ist!

Ich habe bedingt durch meine Endoprothese gewisse Einschränkungen und ich werde akzeptieren, wenn er auch Einschränkungen hat.

Ich habe versucht, den Mann zu finden, der zu mir passt, aber ich habe es nicht geschafft. Stattdessen habe ich andere Erfahrungen gemacht. Jetzt sollte es besser werden.

Nur *Einer* kann wissen, welcher der Richtige für mich ist. Wie ich es immer machte, wenn ich nicht mehr weiter wusste: Ich bat den Allmächtigen.

„Ich habe Wünsche und Vorstellungen, aber keine Ahnung, ob sie richtig sind, DU aber weißt es besser. Such bitte dieses Mal für mich den Mann aus, mit dem ich glücklich werde und den ich glücklich machen kann. Ich möchte mein Leben mit ihm teilen."

Ich war jetzt bereit für einen neuen Mann in meinem Leben.

Das Leben … die Arbeit … die Zeit vergingen …

Meine südamerikanischen Freundinnen, voller Lebensfreude und Temperament, weckten meine eingeschlafenen kolumbianischen Wurzeln. Wir unternahmen viel gemeinsam, hörten Musik, tanzten, erzählten, kochten, lachten, weinten und gaben uns gegenseitig Halt, wenn es sein musste.

Irgendwann im Dezember – so genau habe ich es mit dem Datum nicht – sind meine Freundin und ich Samstagabends Salsa tanzen gegangen. Das machten wir öfter, denn Tanzen war für uns kein Sport, sondern ein Lebensgefühl.

Ich stand in einer Ecke und beobachtete, wie die Leute die Tanzfläche füllten und tanzten. Dann hörte ich eine Stimme:

„Wollen wir tanzen?"

Ich musterte ihn von Kopf bis Fuß und dachte: „Der sieht gar nicht so schlecht aus."

„Ja gerne", sagte ich.

Wir tanzten Stunden lang. In der Pause unterhielten wir uns, so erfuhr ich, dass er **Werner** hieß, dass seine Arbeit mit Naturschutz zu tun hatte und dass er Jurist war. Er trank nur Wasser, keinen Alkohol, und machte einen sehr netten Eindruck.

Meine Freundinnen waren schon nach Hause gegangen, und als für mich auch spät wurde, wollte Werner mich begleiten.

Es war ein kleiner Spaziergang, denn ich wohnte ein paar Ecken weiter.

Er fragte mich, ob ich am nächsten Tag mit zu einer peruanischen Ausstellung gehen wollte.

Warum nicht?

Erika rief mich am nächsten Tag an und ich erzählte von Werner. Sie fragte, ob das der Richtige sei?

„Nein, glaube ich nicht", antwortete ich. „So schnell falle ich nicht wieder rein!"

Werner und ich trafen uns im Museum. Es war eine sehr interessante Ausstellung. Im Tageslicht sah er besser aus, als am Abend zuvor: groß, schlank, kräftiges Haar und ein schönes Lachen. Er sagte, Fahrradfahren sei sein Hobby.

Am Ende der Ausstellung wollte er unsere Wintermäntel von der Garderobe holen. Ich beobachte ihn, wie er sich auf einen Sessel setzte und ein Mobiltelefon aus seiner Tasche holte. Damals waren sie noch sehr klein. Er fing an, etwas zu schreiben, eine SMS bestimmt.

Aha, verheiratet!, dachte ich. *Das war's wohl, es war alles zu schön, um wahr zu sein.* Mit verheirateten Männern wollte ich nichts zu tun haben.

Als er mit unseren Mänteln kam, sagte ich ganz direkt: „Hast du gerade deiner Frau geschrieben, dass du später nach Hause kommst?"

Er guckte mich an und sagte: „Ich bin nicht verheiratet und war es auch nie. Ich bin Diabetiker seit über 30 Jahren. Das ist kein Mobiltelefon, sondern mein Blutzuckermessgerät. Ich musste eben meine Zuckerwerte messen, denn ich muss Insulin spritzen."

Ich wusste nicht, was ich sagen sollte. Es war sehr peinlich und ich entschuldigte mich natürlich, so gut ich konnte. Aber meine Gedanken waren woanders.

Eine Bedingung stelle ich: Er muss eine Krankheit haben.

Ich wusste: Er ist es. Es war nur eine Frage der Zeit.

Wir gingen fast jeden Tag aus: Theater oder Kino, Essen, Tanzen, auf den Weihnachtsmarkt. Eines Abends fragte ich ihn, wie seine Wohnung aussähe. Er antworte, er hätte keinen Fernseher.

„Wie bitte? Wie ist es möglich, dass heute noch jemand ohne Fernseher lebt?"

Er lud mich zu sich ein und sagte, er koche uns eine Tomatensuppe.

„Na ja, Tomatensuppe … früher zeigte man seine Briefmarkensammlung, um eine Frau ins Haus zu locken."

Er wohnte in einer Neubausiedlung, in einem eigenen kleinen Reihenhaus. Als wir eintraten, sah ich in der Küche einen Tisch mit zwei Stühlen, im Wohnzimmer zwei Sofas, im Badezimmer zwei Waschbecken, im Schlafzimmer zwei Betten. Das fand ich etwas merkwürdig. Ich fragte ihn, wer hier noch wohne? Es sei ja alles für zwei Personen eingerichtet.

„Ich wohne alleine, aber das bleibt nicht so. Deswegen ist alles nur halb eingerichtet, denn die Frau, die eines Tages hier wohnen wird, kann vieles ändern, wie es ihr gefällt."

Und tatsächlich kochte eine Tomatensuppe auf dem Herd!

Ich suchte immer wieder nach dem Haken. *Wie konnte ein solcher Mann noch frei sein?* Ich fand keinen Haken.

Kurze Zeit später stellte er mich seinen Eltern, seiner einzigen Schwester, seinem Schwager und seiner Nichte vor.

Jeder Mensch ist anders, aber dieses Mal kam ich aus dem Staunen nicht heraus. Obwohl er niemanden aus Südamerika kannte und kein Wort Spanisch sprach, hatte er jede Menge tolle Tanzmusik aus Lateinamerika.

Dass man sich so gesund und bewusst ernähren kann, war mir nicht klar. Bedingt durch seinen Typ-1-Diabetes wurde alles gewogen und peinlich genau gemessen.

Er kaufte nur regionale Produkte ein, weil er damit die Landwirte unterstützen wollte. Fleisch aß er keines mehr, weil er die Tierquälerei nicht mehr mit ansehen konnte und an ihr nicht teilhaben wollte.

Ehrenamtlich tätig war er auch, um anderen Menschen in Not zu helfen.

Weil er die Natur so liebte, gab es in seinem Garten keine Chemie. Würmer und Vögel sollten hier etwas zu fressen finden können.

Im Haus gab es nur biologisch abbaubare Produkte, schonend für Körper und Umwelt.

Ich änderte langsam auch mein Verhalten, denn dieses neue Bewusstsein für die Umwelt fand ich sehr wichtig.

Fleisch aß ich weiterhin, aber nicht mehr so viel und mit Bedacht und meine Kosmetik kaufte ich auch noch, wie ich es wollte, bis ich dann irgendwann Allergien bekam und doch auf mehr Natur und Bio umstellte.

Nach fast einem Jahr Beziehung zog ich in sein Haus ein.

Eines Abends sagte er, er könne mir keinen Heiratsantrag machen, denn ich wäre noch verheiratet.

Das war aber schon ein Heiratsantrag!

Ich antwortete ihm: „Bis heute hatte ich keinen Grund, die Scheidung einzureichen. Es ist ein langer und schwieriger Weg, den ich nicht alleine gehen wollte. Deswegen habe ich auf den Mann gewartet, der ihn mit mir geht."

Und so kam es! Eine komplizierte Scheidung, weil Karl noch in Spanien lebte und sich nicht kooperativ zeigte.

Monatelang wurde Werner mit mir auf eine Geduldprobe gestellt. Meine Vergangenheit aufzuwühlen hat mich gereizt, launisch, traurig und wütend gemacht.

Heute noch habe ich eine Abneigung, Briefe zu öffnen, denn Briefe kamen damals von Anwälten und hatten nichts Gutes zu bedeuten.

Mit Anwälten zu kommunizieren ist nicht einfach, sie haben ihre eigene Fachsprache. Ohne den Rat und die Hilfe von Werner hätte ich meinen eigenen Anwalt nicht gut verstanden.

Im Februar 2003 starb meine Großmutter in Kolumbien.

Ich war dankbar, dass sie erlöst war von ihren Leiden und dass ich sie lieben durfte. Leider war ich nicht an ihrer Seite in dieser Stunde, aber Raum und Zeit sind nicht entscheidend für das, was das Herz fühlt.

Einen Monat später, nach fast 24 Jahren, wurde meine Ehe geschieden. Karl war nicht anwesend.

Das nächste Kapitel war, das Haus in Spanien zu verkaufen und das Geld gleichmäßig aufzuteilen.

Das war genauso kompliziert wie die Scheidung, da Teilen überhaupt nicht im Sinne Karls war. Aber der Rat meiner Oma hat ganz schnell Klarheit geschaffen: „Die Liebe und die Geschäfte muss man trennen."
Beim Kauf unseres Hauses hatte ich mich bewusst beim Notar auch als Käuferin eintragen lassen und damit gehörte mir die Hälfte des Hauses.
Ich wünschte, es wäre alles friedlicher gelaufen. Ich hatte Karl geliebt und war ihm dankbar für alles, was ich mit ihm erlebt hatte. Aber Scheidungen enden meistens so.
Eine Partei meint, weil sie das Geld nach Hause bringt und die Arbeit im Haushalt keinen Wert hätte, dass die andere Partei deswegen keine Ansprüche und Rechte habe.
Ich war froh, dass die Gesetze für den Schutz beider Parteien gemacht sind.

Eine spanische Anwältin aus einer deutschen Kanzlei wurde von mir beauftragt, mich in dieser Angelegenheit zu vertreten und den Verkauf des Hauses zu regeln.
Er konnte alles behalten, was im Haus war. Ich wollte bloß gerne die Andenken meiner Oma, die sie mir damals in Kolumbien gekauft hatte, wie der Teller aus Silber, die passenden Weinbecher, Serviettenringe, den Kerzenleuchter … Aber während des Scheidungsprozesses sagte er klar, diese Andenken wären verkauft.
Ich hatte mich damit abgefunden.

Jetzt wollte ich nur meine Ruhe haben. Die Scheidung und der Tod meiner Großmutter so kurz hintereinander waren zu viel.

Zwei oder drei Wochen nach der Scheidung rief die Anwältin an und sagte, dass sie für einen Mandanten etwas in Spanien zu erledigen hätte. Ob ich möchte, dass sie mir die Andenken mitbringe.

„Die gibt es nicht mehr", sagte ich.

„Vielleicht doch. Lassen sie mich mit ihm reden."

„Gut, versuchen Sie es", sagte ich.

Karl war bereit die Erinnerungstücke im Tausch gegen den Schmuck, den er mir geschenkt hatte, zurückzugeben.

Knapp drei Monate nach dem Tod meiner Großmutter bekam ich etwas, das ich für immer verloren geglaubt hatte.

Mir fielen ihre Worte ein: „Ich gebe es dir jetzt, so brauchst du nicht zu warten, bis ich sterbe."

Das Haus wurde sehr gut verkauft. Es war ein Jahr vor der großen Immobilienkrise. Karl hat exakt den Betrag bekommen, der für das Haus mit allen Umbauten und Investitionen bezahlt wurde.

Mein Betrag war genau der gleiche, der Gewinn aus 20 Jahren gut angelegten Kapitals.

Ich wollte nur, was mir rechtmäßig zustand, aber, dass es so gut klappen würde, war mehr, als ich erhofft hatte.

Viele Monate später las ich wie so oft alte Zeitungen und mir fiel ein Foto auf von dem mehrstöckigen weißen Haus in dem Stadtteil, in dem ich früher wohnte. In diesem Haus hätte ich gerne gewohnt, aber ich konnte mir die Miete nicht leisten.

Jetzt waren Wohnungen zu verkaufen und nun hatte ich das Geld, um eine zu kaufen.

Das tat ich. Werner half mir sehr bei den Formalitäten.

Es sollte meine Altersversorgung sein. Die Wohnung war vermietet an eine ältere Dame, eine Rentnerin. Das entspricht noch meiner Vorstellung von einer Mieterin: jemand, der schön wohnen kann und dem etwas von seiner Rente zum Leben übrig bleibt. Ich weiß, wie schwer es ist, allein zu sein und wenig Geld zum Leben zur Verfügung zu haben.

Zurück zu Werner, der geduldig gewartet hatte, dass der Sturm vorbeizog und ich wieder ruhiger wurde.

Seinen offiziellen Heiratsantrag habe ich natürlich akzeptiert aber … es gab noch einiges zu klären.

Bei unserer Hochzeit sollten die Worte „*bis dass der Tod euch scheidet*" nicht gesagt werden, denn damit war ich nicht einverstanden. Wir sollten zusammenbleiben, so lange Liebe und Respekt füreinander da wären. Keiner sollte warten müssen, bis der andere stirbt, um sich als freier Mensch zu fühlen. Den anderen so zu lieben, wie er ist, ist schon Respekt. Liebe und nur die Liebe, die in manchen Fällen sogar stärker ist als der Tod, sollte uns verbinden.

Noch etwas musste geklärt werden: Reisen mit dem Flugzeug waren nichts für ihn, aus Prinzip schon nicht. Bloß, wenn es unbedingt sein musste. Er bevorzugte die Bahn oder wie gewohnt das Fahrrad.

Wie sollte ich weiterhin die große weite Welt sehen, bitteschön? Mit dem Fahrrad? Ohne mich!

Er sollte nicht auf sein Hobby verzichten, aber ich auch nicht auf meines.

So fanden wir einen Kompromiss, der bis heute hält: Jeder von uns macht ein Mal im Jahr so Urlaub, wie er möchte. Er fährt mit dem Fahrrad, wohin er will, und ich fliege, wohin mein Herz Sehnsucht hat, meistens ans Meer.

Familie und Freunde waren am Anfang etwas skeptisch, wir aber waren sehr froh über diese Einigung. Natürlich verreisen wir auch gemeinsam mit der Bahn oder fliegen manchmal sogar stundenlang in die Ferne.

Wenn vorher alles besprochen ist, gibt es vielleicht keine böse Überraschung.

Noch ein Hochzeitsgeschenk vielleicht? Eine Katze! Denn ohne Katze fehlt mir etwas im Leben.

Jetzt konnten wir heiraten. Mit gutem Willen, Rücksicht aufeinander, Geduld und verschiedenen Tugenden, die eventuell auch nicht vorhanden sind, wird die Ehe schon gut funktionieren.

Die Katze kam als erstes, aus dem Tierheim natürlich. Werner sollte sie aussuchen. Ich wäre fürs Dosenöffnen und andere Verpflichtungen zuständig.

Die Hochzeit wurde mit deutscher Gründlichkeit vorbereitet und ganz anders als meine Vorstellung von einer kleinen, familiären und unkomplizierten Feier.

Sechs Monate vorher stand der Termin fest. Mein Bruder Thomas und Werners Schwester waren Trauzeugen.

Unsere beiden Familien wurden eingeladen, ein ganzes Partyschiff mit Fahrt auf dem Rhein gemietet, Büfett vom Feinsten, Livemusik, meine Kleider in Paris gekauft, mein Brautstrauß mit Catleyas-Orchideen, der Nationalblume Kolumbiens, die Ringe exklusiv für uns gemacht von Petra und so weiter und so weiter …

Das alles bedrückte mein Herz sehr. Klar würde es eine tolle Hochzeit werden, aber so viel Geld für nur *einen Tag*?

Ich sprach Werner darauf an und er sagte, dass er zwar einige Beziehungen gehabt hätte, auf seine Traumfrau aber über 20 Jahre gewartet habe. Jetzt, wo ich da war, wollte er keine Kosten scheuen.

Einen Fernseher hatten wir, ich brachte meinen mit. Kurz vor unserer Hochzeit schaute ich einen Bericht über *Andheri-Hilfe Bonn*. Das traurige Schicksal von blinden Kindern und Erwachsenen in Indien und Bangladesch, die aus Unter- und Fehlernährung, mangelnder Hygiene und vielen anderen Gründen meistens am grauen Star erkrankt sind. Unter primitivste Bedingungen, z. B. in einem Zelt statt in einem Krankenhaus oder mit einer Taschenlampe anstelle von Lampen fing Andheri vor 30 Jahren an, bei der Durchführung von Operationen zu helfen. Für 40 Euro kann eine künstliche Linse eingesetzt werden und Blinde können wieder sehen. Es war klar, dass ich mich angesprochen fühlte. Konnte sich jemals ein armes, krankes Kind in Bangladesch eine künstliche Linse leisten? Nie!

Abends erzählte ich Werner davon und er sagte, dass er sich erst informieren wollte über die *Andheri-Hilfe*.

„Der Andheri-Hilfe Bonn e. V. wurde vom Deutschen Zentralinstitut für soziale Fragen das Spendensiegel als Zeichen geprüfter Seriosität und Spendenwürdigkeit zuerkannt", konnte man auf deren Homepage lesen.

Mit dieser Information und noch einigen weiteren sagte er mir ein paar Tage später, er wäre einverstanden damit, dass wir unsere Freude mit der Aktion Blindenhilfe der Andheri-Hilfe Bonn teilen wollen und die Hälfte unserer Hochzeitgeschenke im Kuvert an sie spenden. Die andere Hälfte würde in unsere Reise nach Mexiko fließen.

Das war mein größtes Geschenk! Auf diese Art zu erfahren, dass er ein großes Herz und Mitgefühl für andere Menschen hat.

Es wurde eine wunderschöne Hochzeit!

Unser Freundeskreis war ein buntes Gemisch aus zehn verschiedenen Nationalitäten und alle haben getanzt und gefeiert.

Wochen später haben wir allen Gästen mitgeteilt, dass mit ihrer großzügigen Spende ein komplettes Eye-Camp aufgebaut werden konnte.

Die Reise nach Mexiko war sehr schön, interessant und anstrengend: erst einige Tage durch den mexikanischen Dschungel mit Pyramiden, Tempeln, Mücken und Hitze – aber wie sollte man sonst die Welt kennenlernen? Am Ende dann Erholung pur am Meer.

Der Zahn der Zeit

Was für viele Patienten ein Standardeingriff ist, der typischerweise ambulant durchgeführt werden kann, ist bei mir immer etwas komplizierter. Zum Beispiel ein Karpaltunnelsyndrom: ein eingeklemmter Nerv im Bereich der Handwurzel. Das übliche Staunen bei der Untersuchung. Hier war es, dass meine Prothese zum ersten Mal als „Mammutprothese" bezeichnet wurde, von dem Medizinprofessor, der noch nie eine gesehen, aber immerhin davon gehört hatte.

Der Eingriff wurde unter Vollnarkose vollzogen. Weil an meinem linken Arm keine Vene zur Verfügung steht und an der rechten Hand operiert werden sollte, wurde eine am Fuß gesucht und gefunden. Ich war froh, dass die Narkose fast sofort wirkte, denn die Suche war sehr schmerzhaft.

Am Flugplatz wurden die Sicherheitskontrollen immer gründlicher, die Metalldetektoren immer empfindlicher. Das sehr laute Piepen, wenn ich am linken Arm kontrolliert werde, sorgt immer wieder für fragende Blicke. Versuche, es zu erklären, waren nicht möglich. Ich habe immer ein Röntgenbild von meinem Arm dabei, aber das hilft nicht viel. Denn einen Prothesenausweis besitze ich nicht. Jetzt trage ich immer, egal bei welchem Wetter, ärmellose Blusen oder Tops. Der Blick auf meine große Narbe und meinen mit der Zeit sehr dünn gewordenen Arm reicht in der Regel aus, um die Sicherheitsbeamten zu beruhigen.

Schlafen ist ein besonderes Ritual.
Jeden Abend liege ich auf meiner linken Schulterprothese und denke: *Vielleicht kannst du heute auf dieser Seite schlafen. Es wäre schön, nicht immer auf der rechten Seite zu liegen.*

Nach zehn Minute schmerzen Ellenbogen und Nacken. Dann drehe ich mich wieder auf die andere Seite, nehme ein Kissen von meiner Sammlung und wechsle immer wieder zwischen links und rechts, versuche auf dem Bauch zu liegen, werfe das Kissen wieder weg, hole es wieder her, bis ich so müde bin, dass ich einschlafe. Mitten in der Nacht wache ich dann mit Schmerzen auf. Das wird sich nie ändern und ich weiß, es gehört zu meinem Leben. Also kaufe ich ab und zu ein neues Kissen und fange wieder von vorne an.

Meine Untersuchungen machte ich nicht mehr. Es wusste sowieso niemand, wie eine solche Endoprothese nach all den Jahren aussehen sollte. Und Blut abnehmen war schwer geworden, denn die einzige gute Vene am rechten Arm war mittlerweile vernarbt. Aber alle wollten es besser wissen als ich und suchten auch nach über 40 Jahren noch immer wieder an derselben Stelle und an derselben Vene. Aber mittlerweile lasse ich mir das nicht mehr gefallen. Am Handgelenk und an der Hand ist etwas zu finden, aber nur mit sehr dünnen Nadeln und viel Geduld. Physiotherapie oder Krankengymnastik mache ich auch nicht, ich wüsste nicht welche.

Mein linker Arm wurde dünner und der andere kräftiger. Der rechte hat die Arbeit übernommen, die mein linker Arm nie machen konnte, und diese Belastung spüre ich täglich. Ab und zu bekomme ich Massage oder manuelle Therapie verschrieben. Schulter- und Nackenschmerzen hatte ich von Anfang an. Sie sind geblieben und bloß schlimmer geworden.

Aber vor vielen Jahren habe ich etwas Gutes für mich *wiederentdeckt*: YOGA. Allerdings sollte man das nicht ohne ärztlichen Rat machen.

Als kleines Mädchen schon habe ich meiner Stiefmutter bei ihren täglichen Übungen zugesehen und es selber auch versucht. So habe ich fast mein ganzes Leben schon eine Vorstellung von den Yoga-Übungen und davon, was alles möglich ist. Damals war es noch kaum bekannt in Amerika und Europa.

Einmal fragte mich eine Bekannte in Deutschland, wie ich als Katholikin Yoga machen könne?

„Ganz einfach", sagte ich. „Ich lege mich auf eine saubere Unterlage, genau wie Protestanten, Atheisten oder wer sich noch entspannen und etwas für seine Gesundheit tun möchte, und mache die Übungen, die ich kann."

Beim Yoga finde ich meine innere Ruhe, meine Mitte, nehme für einige Zeit Abstand vom Alltag und trainiere dabei auf meine ganz eigene Weise meine Muskeln. Ich bin sehr glücklich, dass meine Endoprothese das mitmacht.

Aber wie gesagt – ich rate jedem, der eine Endoprothese hat, die Übungen zuerst mit dem Arzt abzuklären.

Schulterstand

Der Fisch

Rumpfverschluss

Drehsitz

Es war schön, das Leben wieder zu zweit zu genießen. Ich wurde etwas ruhiger und gelassener. Die Besuche im Altenheim gehörten weiterhin zu meinem Alltag, genau wie die wunderbaren Menschen, die ich kennengelernt habe, und die wir als „blind" bezeichnen, die aber in Wirklichkeit bloß nicht mit den Augen sehen, sondern mit den Händen, den Ohren oder der Nase. Im Laufe der Jahre habe ich viele ältere Damen betreut und durch diese Arbeit gelernt, genau hinzusehen. Einmal bat mich eine von ihnen, mit ihr in die Stadt zu fahren und eine kleine Neonröhre zu kaufen. Nichts einfacher als das, dachte ich. Wir gingen in das Geschäft und ich nahm eine Röhre. Die Dame fragte, ob das die gleiche wäre wie die auf der mitgebrachten Originalverpackung. „Ja", sagte ich. Ich dachte, das Licht wäre weiß, genau wie das der anderen. An der Kasse fragte sie die Kassiererin noch einmal und diese sagte: „Nein, das ist matt-weiß." Das war nicht gut für mich, es musste die andere Röhre sein.

Eine andere Frau hatte etwas einzukaufen. Wir trafen uns am Haupteingang des großen Geschäfts. Als wir fertig waren und wieder rausgingen, sagte sie mir, es wäre ein anderer Ausgang als der, den sie immer nimmt. Hier konnte sie sich nicht orientieren, sie wollte doch mit dem Bus alleine nach Hause fahren. Hier roch es nach gebratenen Würstchen, bei dem anderen Ausgang nicht. Den Geruch nach gebratenen Würstchen hatte ich in den ganzen Jahren, die ich dort lebte, noch nie wahrgenommen um mich zu orientieren. Ich glaube, es ist die Selbstverständlichkeit, die uns manchmal blind macht.

Vieles löste in mir große Bewunderung aus: Die Gefahr, die von einer am Boden liegenden Nadel ausgeht, da man sich unter Umständen an ihr verletzen konnte. Oder sich an der Herdplatte nicht zu verbrennen, oder farblich passende Kleidung auszusuchen und unzählige Alltagssituationen mit Bravour zu bewältigen.

Ich fragte mich oft, wer ist hier die Blinde?

Es war eine fröhliche Atmosphäre. Meine Hilfe wurde gern und dankbar in Anspruch genommen und mein guter Wille wurde sehr geschätzt.

Mit Helena traf ich mich wieder öfter, wir hatten uns nach langer Zeit wiedergefunden. Sie lebte im Zentrum der Stadt und es passte uns beiden gut, vor meiner Arbeit an der Uni einen Kaffee in der Stadt oder bei ihr zu Hause zu trinken.

Eines Tages zeigte ich ihr eine ganz kleine Wunde an meinem linken Oberarm, die nicht richtig heilen wollte, und zwar genau dort, wo 1974 die zwei kleinen Punkte für die Kobaltbestrahlung tätowiert wurden. Es konnte auch ein Mückenstich sein, aber die Wunde änderte sich immer wieder.

Helena erzählte, dass eine gemeinsame Freundin Hautkrebs hätte, ich sollte lieber zum Hautarzt gehen.

Ich habe mich immer vor der Sonne geschützt und unsere Freundin kam aus dem Mittelmeerraum, direkt von der Küste. Dort ist das Risiko natürlich sehr hoch. Aber ich bin Wochen später doch zum Hautarzt gegangen, als immer mehr kleine Wunden dazu kamen. Das war Anfang 2007.

Als Erstes wurde eine Biopsie gemacht. Als Zweites wurde ich bei meiner Arbeitsstelle angerufen. Die Ärztin sagte mir, es wäre ein Basalzellkarzinom, auch heller Hautkrebs genannt. Es handelt sich dabei um einen bösartigen Krebs, der sich aus den basalen Schichten der Haut und den Haarfollikeln in Regionen, die stark der Sonne ausgesetzt sind, bildet. Im Anfangsstadium ist er gut zu behandeln und bildet selten Metastasen. Ich sollte in die Praxis kommen, um alles Weitere zu besprechen.

Und jetzt?

Ich musste mich erst beruhigen. Meine lieben Kolleginnen haben mich aufgefangen und mich nach Hause gehen lassen.

Als mein Mann abends nach Hause kam, sagte ich: „Ich fliege für ein paar Tage nach Mallorca, wo es ruhig ist und ich das Meer sehen kann. Ich habe hellen Hautkrebs an meinem linken Arm. Ich muss Kraft tanken, für das, was jetzt kommen wird.

Die Vergangenheit hatte mich eingeholt.

Die multiplen Basaliome traten immer wieder auf in dem so viele Jahre alten Telekobaltbestrahlungsareal.

2007, 2009, 2010, 2011, 2013, 2014 und 2015 hatte ich wieder und immer wieder zwei oder drei Mal im Jahr diese Basalzellkarzinome, die keine Metastasen bilden, aber in benachbartem Gewebe entstehen können. Es ist zwar kein tödlicher Krebs, aber die Lebensqualität wird mit der Zeit sehr eingeschränkt.

Ich fragte einen der vielen Ärzte, die ich konsultierte, wie das möglich sei, wo die Bestrahlung doch schon so lange her wäre.

Seine Antwort: *„Der Körper vergisst nicht."*

Das habe ich mir sehr gut gemerkt.

Es gibt viele Methoden diesen Krebs zu behandeln. Ich habe zwei ausprobiert: ambulante Exzision (das Herausschneiden des Tumors) und eine verschreibungspflichtige Creme mit dem Wirkstoff Imiquimod. Das Ganze hört sich ziemlich harmlos an. Ich bin da anderer Meinung.

Die kleinen Schnitte, immer zwei oder drei gleichzeitig am linken Oberarm oder Rücken sind meistens 3 oder 4 cm lang, wurden genäht, entzündeten sich ab und zu oder lagen genau an den Stellen, an denen die Kleidung drückte. In den zwei oder drei Wochen, bis sie geheilt waren, waren Schwimmen, Rückenmassagen, Yoga oder Sauna komplett gestrichen.

Die Creme war eine Herausforderung für die Nerven, hat aber geholfen.

Sechs Wochen lang fünf Nächte hintereinander dünn auf die Haut auftragen, ohne es zu bedecken, und acht Stunden wirken lassen.

Und wie sieht das Ganze aus?

Schrecklich!

Die kleinen Basaliome, immer zwei oder drei zur gleichen Zeit, wurden immer größer. Nach zwei Wochen mit der Cremebehandlung musste ich zu Hause bleiben; die Wunden sollten nicht bedeckt werden, denn sonst heilten sie nicht.

Schlafen war fast nicht möglich. Die Angst, diese Creme würde auf die Bettwäsche und dann ungewollt in mein Gesicht gelangen, war nicht schön.

Ich konnte nicht allein zu Bett gehen oder aufstehen, es wurde jede Nacht eine Art Kissenlandschaft um mich herum aufgebaut, dass ich mich weder nach links noch nach rechts bewegte. Werner musste mir jeden Abend helfen und ich sah die Hilflosigkeit und Traurigkeit in seinen Augen.

Die ersten Jahre mit dem Hautkrebs waren nicht so extrem wie die letzten. Ich bin zu Arbeit gegangen, solange es ging, aber nach drei Wochen spätestens konnte ich mein Unwohlsein nicht mehr verbergen und für uns alle war es besser, ich blieb zu Hause, bis ich wieder gesund war. Bis dann das nächste Basaliom kam.

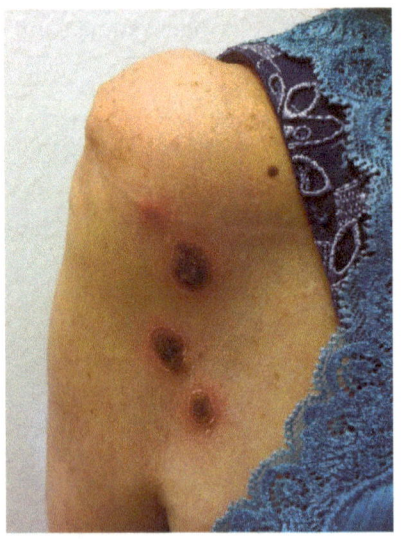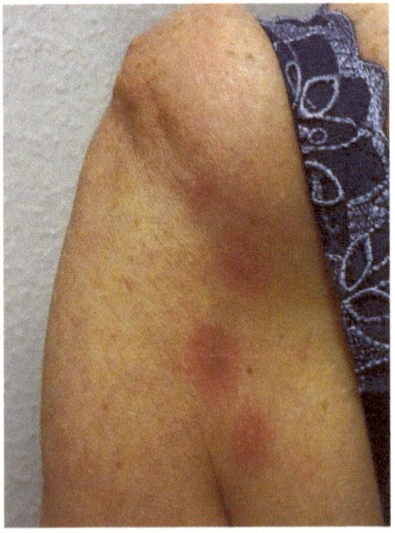

Meine linke Schulter während (li.) und nach der Behandlung mit der Imiquimod-Creme

Dieser helle Hautkrebs, die multiplen Basalzellkarzinome, diese kleinen Stellen, die immer größer und größer wurden und vieles zerstören konnten, waren *Wunden* und damit musste ich mich auseinandersetzen.

Dass der Körper nicht vergisst, habe ich akzeptiert, die Basalzellkarzinome als Folge der Kobaltbestrahlung verstanden. Das war der Sinn gewesen: die Krebszellen zu zerstören. Leider wurden dabei die gesunden Zellen auch geschädigt, wie ich gerade an meiner eigenen Haut erfuhr.

Aber ... resignieren, wegen hoher Rezidivneigung war nicht meine Art.

Wenn der Körper nicht vergisst, dann wird er auch nicht vergessen haben, dass er mal gesund war, bevor er krank wurde.

Loslassen, ohne aufzugeben!

Ich beschloss Juni 2010 nach Kolumbien zu fliegen, dorthin, wo alles angefangen hatte.

Ich hatte die Hoffnung, dass dort, wo mein Vater die Entscheidung getroffen hat, mit mir nach Deutschland zu fliegen, wofür ich ihm ewig dankbar sein werde, wo meine Familie, meine Freunde und Bekannten damals lebten, wo ich zum Teil ohne Abschied zu nehmen gegangen bin, einfach aus allem, was ich kannte und was mir lieb war, weggerissen wegen meines Ewing-Sarkoms, dort, wo meine Großmutter, ohne meine letzte Umarmung, in einem Parkfriedhof, den ich nicht kannte, begraben war, wo die Wunden vielleicht ihren Ursprung hatten, eine Lösung zu finden wäre.

Werner unterstützte meine Reise, und auch dass ich sie alleine machen wollte.

Ich fing an, Freunde und die Familie zu kontaktieren. So viele Jahre, 35, waren vergangen und auf einmal war die Kommunikation so einfach und schnell per Computer.

Natürlich hatte ich Angst dorthin zu fliegen, aber die Freude war größer.

Ich las jetzt täglich Zeitungen auf Spanisch und Deutsch und versuchte die Zeit, die ich verpasst hatte, nachzuholen und mich zu informieren, wie das Leben in Medellín jetzt aussah. Es sollte alles gut vorbereitet sein: Impfungen, Tickets, Geschenke, Reservierungen etc. Eine sehr gute Freundin der Familie, die dort lebte, ich nenne sie Graciela, half mir dabei.

So las ich eines Tages in einer kolumbianischen Zeitung von *Mahavir Kmanina*, einer gemeinnützigen Organisation in Kolumbien, die für arme Menschen Prothesen herstellt, um ihnen dabei zu helfen, ihr Leben wieder so normal und würdevoll wie möglich leben zu können. Ich war sofort begeistert, eine Möglichkeit gefunden zu haben, anderen zu helfen, die nicht so viel Glück hatten wie ich, und die vielleicht ein oder beide Beine verloren hatten oder sogar von Geburt an keine hatten.

Ich informierte mich über diese gemeinnützige Organisation, die ausgerechnet in Medellín ihren Sitz hatte, und fing an Geld zu sparen, um solche Prothesen zu finanzieren. Diese Fuß- und Beinprothese waren sehr kostengünstig und praktisch: Ein hölzerner Kern wird von einer Kautschukschicht, die in Farbe und Form den menschlichen Fuß imitiert und besondere Flexibilität ermöglicht, umgeben. Es dauert bloß drei bis vier Tage, bis eine Maßanfertigung hergestellt ist. Für jemanden, der sich sonst nie eine oder im Laufe der Zeit auch mehrere Prothesen, die auf seine Bedürfnisse abgestimmt sind, hätte leisten können, ist das eine unglaubliche Erleichterung, ein solches Hilfsmittel einfach umsonst zu bekommen! Ein Fuß kostet weniger als ein Paar Schuhe und ein Bein weniger als ein Paar gute Stiefel.

Ich dachte an all die Opfer von Landminen, Kinder, Jugendliche, Frauen, Männer, an ihre strahlenden Gesichter, die in vielen Videos, Fotos und Berichten zu sehen waren, wenn sie ihr neues Leben anfingen mit ihren Prothesen und ohne Krücken … Und dann dachte ich an meine Schuhsammlung, an die vielen fast neuen Schuhe, die ich nie tragen würde, weil sie mittlerweile einfach nicht mehr passten oder nicht mehr modern waren.

Werner schenke mir zu Weihnachten und zum Geburtstag Geld für Fuß- und Beinprothesen.

Die Reise verlief ohne Probleme. Ich nahm zum ersten Mal den Service der Fluggesellschaft für Passagiere mit eingeschränkter Mobilität in Anspruch und war sehr froh und dankbar über und für die große Hilfe.

Den ersten Tag in Medellín habe ich nur geschlafen. Am zweiten bin ich mit meinem Onkel Gabriel zum Parkfriedhof gefahren.

Er hatte damals meinem Vater bei der Beerdigung geholfen und wusste, wo Großmutters Grab war. Ab und zu schaut er auch, ob alles in Ordnung ist.

Als wir auf dem Friedhof ankamen, übertraf dieser meine Vorstellungen bei Weitem. So weit das Auge reichte Gras und dazwischen Hunderte von kleinen Marmorplatten, einige etwas größer, überall Blumen, aber keine Wege oder Nummerierungen, als wären die Gräber nach dem Zufallsprinzip angeordnet worden.

Ich stand dort am Bürgersteig, sah all dies und seufzte: „Mamita", so nannten wir Großmutter, „endlich bin hier!"

Mein Onkel sagte, wir müssten nach links gehen, dort wäre das Grab, aber ich sagte: „Nein Gabriel, es ist hier entlang, nach rechts."

Er schaute ungläubig und wiederholte: „Ich weiß, wo es ist, ich war bei ihrer Beerdigung."

Ich bat ihn, mich in zwanzig Minuten zu holen. Es gab keinen Schatten und diese Hitze konnte gefährlich werden.

Ich ging nach rechts über das Gras und an den vielen Marmorplatten vorbei und nach wenigen Minuten stand ich vor ihrem Grab.

Ich setzte mich auf die Platte und ein Gefühl von lieber Umhüllung erfüllte mich, als wäre es eine Umarmung, und ich weinte für all die Jahre, die ich nicht weinen konnte. Ich hatte den Eindruck, ein Gespräch mit ihr zu führen, und dass ich erfahren sollte, dass es ihr gut geht.

Gabriel kam und sagte, wir müssten jetzt gehen, es würde zu heiß werden. Ich kaufte die schönsten Rosen und reinigte die Marmorplatte.

Auf dem Heimweg versuchte Gabriel mir schonend beizubringen, dass ich viel zu viel für die Blumen bezahlt hätte und dass sie wahrscheinlich gleich wieder geklaut und wiederverkauft würden.

„Macht nichts. Die Hauptsache ist, dass ich gesehen habe, wie schön alles war für einen Augenblick war. Die Toten brauchen keine Blumen."

Er fragte mich auch, wie ich das Grab habe finden können, obwohl ich vorher noch nie dort gewesen war.

Ich sagte, dass Mamita mir immer den Weg zu sich zeigen würde.

Es war eine emotionsgeladene Reise. Ich traf viele meiner Freunde von früher. Wir alle hatten uns sehr verändert, nicht nur äußerlich. Jeder hatte viel erlebt, eigene Familien gegründet und manche hatten sogar Enkelkinder. Wie fast alle Familien in Kolumbien hatten sie auch Tote zu beklagen, aufgrund dieses dunklen Kapitels von Gewalt, Entführungen, Drogen und Mafia, das das Land einige Jahre zuvor erleiden musste, insbesondere Medellín.

Heute ist Medellín eine moderne Stadt. Mit zweieinhalb Millionen Einwohnern ist sie nach der Hauptstadt Bogotá die zweitgrößte Stadt Kolumbiens. Vor allem aber ist sie ein Musterbeispiel für soziale Architektur, die zur Befriedung der Stadt sicherlich keinen geringen Beitrag geleistet hat. Das Rezept heißt: Platzierung von modernen und hochwertigen öffentlichen Gebäuden in unterprivilegierten Stadtteilen. So wurde z. B. die größte Rolltreppe der Welt gebaut, um den Bewohnern eines der ärmsten Viertel der Stadt, der Comuna 13, den steilen Weg zu den Hängen des Viertels zu erleichtern, und mit dem Parque Biblioteca España wurde dem Slum Santo Domingo, in dem früher Pablo Escobar seine Handlanger rekrutierte, wieder Würde gegeben.

Ich wurde jeden Tag eingeladen und so sah ich die Entwicklung der Stadt aus vielen verschiedenen Perspektiven.

Der Stadtteil, in dem wir früher wohnten, war nicht zu erkennen. Über 2000 Hochhäuser standen hier nun fast nebeneinander.

Der Botero-Platz, ein Muss für jeden Touristen mit vielen Skulpturen dieses kolumbianischen Künstlers, kleine Restaurants in den Bergen mit wunderschönem Ausblick, in denen ich vergessene Gerichten wieder essen konnte, die kleinen typischen Dörfer und einiges mehr habe ich gesehen, besichtigt und erlebt.

Die drei Wochen Urlaub gingen zu Ende und ich war erfüllt von positiven Energien: die Freude des Wiedersehens, die Liebe und Freundlichkeit der Menschen, die Berge, der Himmel, die Luft, die Erinnerung, die offenen Gespräche – viele glaubten, ich wäre damals vor so vielen Jahre gestorben.

Ich fuhr mit Onkel Gabriel zum Friedhofspark, um Großmutters Grab am Tag vor meiner Abreise nach Deutschland ein letztes Mal zu besuchen.

Als wir ankamen, sagte er, er werde auf mich am Eingang warten, dort gäbe es etwas Schatten. Ich wusste jetzt, wo das Grab war, weshalb er nicht mitzukommen bräuchte. Er würde mich aber im Blick behalten.

Ich ging einfach los, ohne zu wissen wohin. Etwas war anders dieses Mal. Ich schaute um mich herum, aber ich konnte das Grab nicht sehen. Ich hatte keine Orientierung. Nach einigen Minuten merkte ich, dass meine Augen sich mit Tränen füllten. Ich wollte Gabriel winken, dass er kommen sollte, um mir zu helfen, und dachte verzweifelt: *Mamita, wo bist Du? Ich kann dich nicht finden!*

Ich weiß nicht mehr, warum ich in diesem Moment nach unten schaute, aber … ich stand vor ihrem Grab.

Die Blumen waren nicht geklaut worden, nur verwelkt. Das fand Gabriel bemerkenswert.

Wieder zu Hause in Deutschland bat ich Werner, mit mir irgendwohin zu fahren, wo Ruhe wäre. Ich konnte all diese Emotionen nicht richtig verarbeiten. Den vergangenen 35 Jahren in nur drei Wochen gegenüberzustehen, war zu viel.

Wir fuhren nach Spiekeroog, einer kleinen ostfriesischen Insel am Wattenmeer. Ohne Flugzeuge, ohne Autos, kaum Fahrräder, lange Spaziergänge am Strand – es war genau, was ich brauchte.

Das folgende Jahr flog ich wieder nach Kolumbien. Diesmal konnte ich meinen Urlaub etwas mehr genießen.

Ich traf viele Schulfreunde wieder. Einer von ihnen war ein bekannter Hautarzt und es war klar, dass ich ihn nach meinen Basalzellkarzinomen fragte. Ein paar Tage später behandelte er mich ambulant in seiner Praxis, mit der bekannten Methode und demselben Ergebnis.

Es war meine zweite Behandlung in jenem Jahr. Im Januar hatte ich mich schon einer Exzision an der linken Thoraxseite in Deutschland unterzogen.

Dieses monatelange, ja jahrelange Kranksein und vor allem Krankfühlen hat meine inneren Kraftreserven stark mitgenommen.

Mithilfe meines behandelnden Hausarztes beantragte ich eine stationäre medizinische Rehabilitation in einem Rehabilitationszentrum für orthopädische Erkrankungen.

Hätte ich das doch schon viel früher gemacht!

Zum ersten Mal nach meiner Operation 1976 erhielt ich vier Wochen lang ein umfassendes Behandlungsprogramm, bestehend aus gezielter Einzeltherapie, Wassergymnastik, Massagen, Dehnungen der Trapezmuskulatur, Wärmepackungen, Übungen zur Kräftigung der Finger- und Handgelenkmuskulatur, lokale Ultraschallbehandlung für mein rechtes Ellenbogengelenk, das immer für zwei arbeiten muss.

Psychologische Beratung, geregelte Esszeiten, frische Luft – das alles hat dazu beigetragen, dass ich wieder ich wurde.

Meine Schmerzen wurden weniger und mein Allgemeinzustand deutlich besser.

Und natürlich hatte auch dort vorher niemand so etwas wie meine Total-Oberarm-Endoprothese gesehen.

Aus Rücksicht auf den schlechten Zustand meiner Venen und auf meinen Wunsch hin habe keine Blutabnahme durchgeführt.

Ich persönlich finde das Auflisten von Krankheiten sehr langweilig, aber es lässt sich nicht vermeiden, wenn es sich dabei um Nebenwirkungen der ungleichen Belastung durch meine Endoprothese über lange Zeit oder die Behandlung meines Ewing-Sarkoms handelt. Ich bevorzuge es, meine Gesundheit zu pflegen, und nicht meine Krankheiten.

Nach jenem Aufenthalt in der Klinik versuchte ich mein Leben anders zu strukturieren.

Ins Altenheim ging ich nicht mehr regelmäßig, weil ich öfter erkältet war. Ich wollte niemanden anstecken, denn ältere Menschen erholen sich nicht so gut oder gar nicht mehr davon.

Im Blindenverein habe ich meine Hilfe auch nicht mehr angeboten. Oft war ich wochenlang zu Hause mit meinen Basalzellkarzinomwunden beschäftigt.

Nur meine Arbeit an der Uni war regelmäßig. Aber sie wurde immer schwerer.

Werner und ich machten einige kurze Reisen, denn so versuchte ich aus der Zeit zwischen den Basaliomen das Beste zu machen.

Und wie am Anfang meiner Geschichte war es wieder eine Frau, dieses Mal im Zug und mit großem Koffer, die mich so anrempelte. Diesmal fiel ich auf meinen linken Arm.

Abends in unserem Hotel in den österreichischen Alpen tat mein linker Ellenbogen sehr weh und ich sah, dass ich überall blaue Flecken am Körper hatte. Werner fragte, ob wir unseren Urlaub unterbrechen sollten, um zurück nach Hause zu fahren, aber ich sah keinen Grund dafür. Die blauen Flecken würde ich lange genug haben und meine Ellenbogenprothese sah aus wie immer.

Einige Zeit später musste der Ellenbogen für ein paar Tage ruhiggestellt und mit einem Schmerzmittel am Ellenbogen behandelt werden. Es war eine Bursitis oder Schleimbeutelentzündung entstanden.

Das hatte mir noch gefehlt! Ich konnte gar nichts mehr machen und mein rechter Arm, schon seit jeher überbelastet, musste nun noch mehr übernehmen. Als Folge bekam ich Knoten unter der Achselhöhle.

Diese Geschichte bereitet mir seit vielen Jahren immer wieder Schmerzen und blaue und grüne Flecken an meinem linken Ellenbogen. Wenn es nicht anders geht, nehme ich eine Schmerztablette oder einen Kühlpack. Ich habe eine spezielle Manschettenanfertigung, um meinen Ellenbogen ruhig zu stellen. Helenas Ehemann hat sie für mich gemacht, er kennt sich bestens aus mit orthopädischen Hilfsmitteln.

Es ist noch nicht lange her, als ich ganz normal in der Stadt einkaufen ging, in den Geschäften, in denen ich sonst immer einkaufte, als meine Endoprothese die Sicherheitskontrollen am Ausgang zum Piepsen brachte. Oh was für ein Schreck!

Ich ging in verschiedene Geschäfte und es piepste auch in diesen. Es war nicht nur peinlich, sondern auch sehr traurig. Ich traute mich ein paar Tage nicht aus dem Haus.

Nicht nur, dass der Wachmann am Ausgang meine Tasche kontrollierte, sondern auch die misstrauischen Blicke der Leute am Eingang, denn es piepte beim Rein- und Rausgehen. In den kleineren Läden liefen sogar die Verkäufer misstrauisch hinter mir her.

Genauso wie sie gekommen ist, ist diese Piepserei auch wieder gegangen. Habe ich mich vielleicht gefreut! Ich konnte wieder normal einkaufen gehen.

Ich habe im Internet geschaut, ob anderen Ähnliches passiert war, und tatsächlich war es schon vorgekommen.

In den letzten Jahren konnte ich mich nicht mehr erholen. Morgens nach dem Aufstehen und Frühstücken musste ich mich wieder hinlegen. Ich war immer müde und es gab keine Woche ohne einen neuen Schmerz. Ich fiel tiefer und tiefer in ein dunkles Loch.

Diese Basalzellkarzinome haben mein Leben so verändern. Es war immer nur die Frage, *wann* sie wieder kommen würden, ob in vier Monaten oder in fünf Wochen. Früher? Oder später?

Meine Freundinnen, Erika, Petra, Victoria, Helena, versuchten mich aufzumuntern, aber es ging nicht mehr. Die Arbeitskolleginnen waren sehr geduldig und aufmerksam, aber nichts half.

Im März 2015, nach unserer Rückkehr aus dem Urlaub, bat ich Werner, mich zu meinem Hausarzt zu begleiten. Alleine schaffte ich es nicht mehr. Ich war nicht mehr belastbar und konnte nicht mehr arbeiten.

Mir ging es so schlecht, dass ich nicht einmal fähig war, telefonisch einen Arzttermin zu vereinbaren. Ich hatte Angst.

Dass es so weit ging, hätte ich nicht gedacht. Aber das eine ist, darüber zu schreiben oder zu erzählen. Etwas ganz anderes ist es, so ein Zustand zu erleben: Erschöpfung, Depression.

Ich habe mich fast aufgegeben.

Die Betonung liegt auf dem *fast*.

Ich suchte psychotherapeutische Hilfe. Ich musste mein Inneres suchen und finden.

Im April ging ich nicht mehr zu meinen mich über Jahre behandelnden Hautarzt und fuhr lieber in eine andere Stadt zur Kontrolle meiner

Haut. Es wurde dasselbe diagnostiziert: multizentrische oberflächliche Basaliome.

Die kleinen Schnitte wurden aber anders behandelt, mit einem sich selbst auflösenden Faden und einem kleinen unauffälligen Pflaster, alles viel schonender.

Es war eine harte Zeit und was habe ich nicht alles versucht, sogar Eigenbluttherapie. Ich stellte freiwillig meine kaputten Venen zur Verfügung, aber schon nach dem dritten Mal sagte mein Hausarzt, wir sollten es bleiben lassen. Es war unverhältnismäßig schwer und würde nichts bringen.

Ich blieb monatelang krank zu Hause, ging nur zu Therapien und hatte viel Zeit nachzudenken.

Ich wusste, etwas würde sich ändern, wenn ich die Ursache der Wunden finde würde.

Die Psychotherapie war das Richtige. Nach monatelanger Suche nach meinem Selbst habe ich es gefunden!

Ein kleiner Erfolg zeigte sich schon: Die nächste Hautkrebskontrolle war eine Zeit lang negativ. Drei Monate bis zur nächsten Kontrolle und wieder war das Ergebnis negativ.

Mein Körper hat ein eigenes Gedächtnis und zu meinem Körper gehören auch meine Seele und mein Geist.

Meine Krebszelle sind *meine kranken Zellen* und ich behandle mich vorsichtiger und liebevoller, wenn ich krank bin. Also muss ich diese kranken Zellen genauso behandeln.

Ich habe angefangen, mir diese dunklen, kalten, kranken und ängstlichen Zellen in meiner Haut vorzustellen, und habe mir selbst leidgetan! Der Rest der Zellen, die gesunden, waren hell, warm und freundlich, und alle zusammen gehörten sie zu mir!

Also versuchte ich, innerlich Harmonie zu erzeugen. Die helleren und wärmeren Zellen umarmten die dunklen und kranken, bis ein gesunder Geist einen gesunden Körper hat – nämlich meinen.

Meine schwache Stelle ist mein linker Arm. Die Haut ist das Organ, mit dem ich mit der Außenwelt Kontakt aufnehme.

Es gibt eine Redensart, die besagt, dass sehr sensible Menschen eine sehr dünne Haut hätten.

Genau dort, an meiner dünnen Haut, habe ich *zugelassen*, dass die Außenwelt mir Wunden zufügt.

Diese lange gesuchte Erkenntnis unter Tränen hat mich verändert. Ich machte weiter mit der Therapie, denn ich wollte mich nicht zu früh freuen. Aber nachdem die Hautkontrollen weiter negativ blieben und ich mich wohl und besser fühlte, dachte ich, es wäre Zeit, wieder in mein neues Leben zurückzukehren.

Es liegt eine große Kluft zwischen wirklichem Selbstbewusstsein und gespielten Selbstbewusstsein.

Ich habe ein Leben voller Geschenke Gottes, die ich nicht verdient habe und dummerweise lange nicht als solche akzeptiert habe. Stattdessen habe ich versucht, sie zu verstecken oder kleiner zu reden, um den Neid der anderen zu vermeiden.

Jetzt stehe ich zu ihnen und bin nun seit zwei Jahren von meinem Basalzellkarzinom in Ruhe gelassen worden. Ein Rekord für mich.

Die Kontrollen müssen jetzt nicht mehr alle drei Monate gemacht zu werden, sondern nur noch alle sechs.

Ich arbeite inzwischen nicht mehr an der Universität und mache leider auch keine ehrenamtliche Arbeit mehr.

Alles hat seine Zeit, wie *Prediger 3, 1–8* uns lehrt.

Jetzt ist es Zeit für mich zu schreiben und zu erzählen, was ich erlebt habe. Natürlich ist das eine gekürzte Fassung meines Lebens.

Ich reise weiter um die Welt. Dieses Jahr war ich mit Werner in Vietnam und Kambodscha. Wochen später flog ich alleine nach Miami, um eine liebe Freundin zu besuchen.

Jetzt habe ich keine Eile mehr, die Welt zu sehen. Es geht auch langsamer, ich bin keine 19 Jahre mehr.

Ausgesprochene Besonderheit

Mein Weg führte mich genau im Jahr ihres 40. Jubiläums wieder in die Hamburger Endo-Klinik.

Als ich diese neue, helle und große Eingangshalle betrat, dachte ich, wie sich alles verändert hat, sogar ich habe mich verändert. Nur meine Endoprothese ist immer noch die gleiche! Das war auch eine der Gründe, warum ich dort war.

Nach einer freundlichen Begrüßung, Fotos, einem Interview und Röntgenaufnahmen, wurde ich von Dr. G. von Foerster untersucht. Eine außergewöhnliche Erfahrung für mich: Nicht nur, weil er ein Spezialist seines Faches ist, sondern auch, weil er zum Team der Ärzte gehörte, das mich damals operiert und betreut hat.

Ein Zitat aus seinem ärztlichen Bericht über diese Untersuchung:

„Nach 40 Jahren noch funktionsfähige Endoprothese ist schon eine ausgesprochene Besonderheit. Besonders ist auch der Umgang der Patientin mit dieser Situation ..."

Mein Besuch war eine postume Ehrung von Professor Dr. Dr. Hans Wilhelm Buchholz und seinem ganzen Team, sowie all der anderen Menschen, die diese Geschichte möglich gemacht haben.

Und übrigens, sogar in der Endo-Klinik ist meine Prothese ein besonderes Einzelstück!

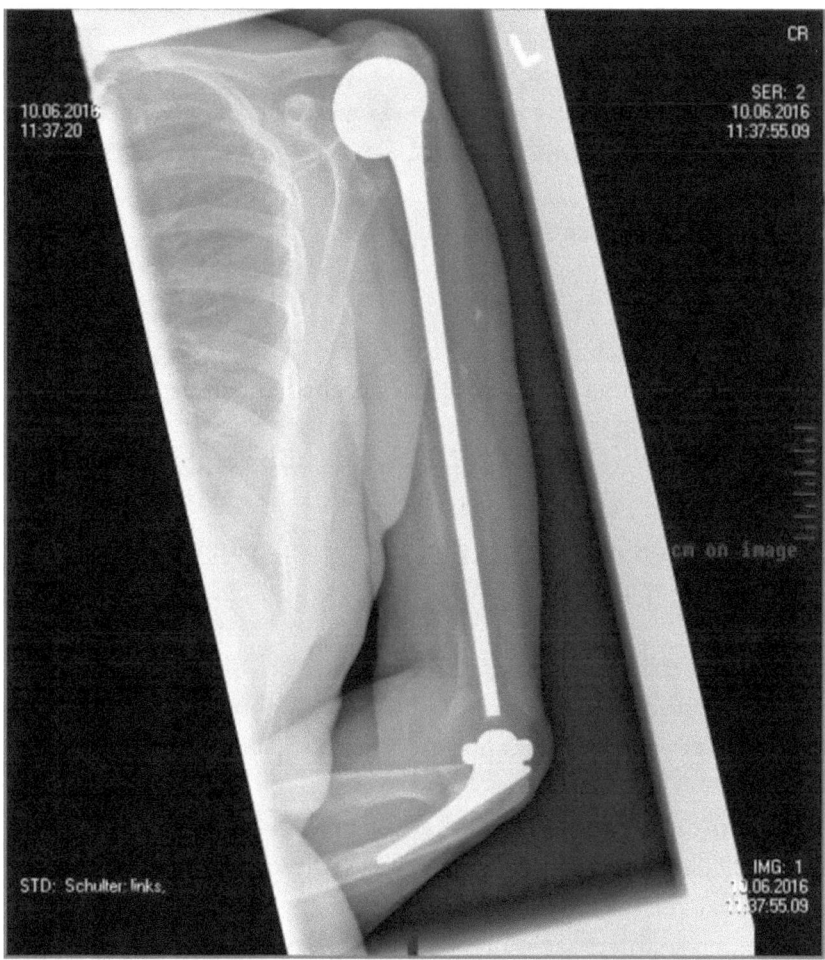

Epilog: Die Antwort auf die Frage

Ende 1974, als ich richtig verstand, was mein Sarkom bedeutete, fragte ich Gott: *„Hast Du für mich nichts Besseres gehabt als Knochenkrebs?"*

Die Antwort erhielt ich erst viel, viel später.

Mitte 2016:
* Ein Ewing-Sarkom über 41 Jahre überlebt.
* Eine Endoprothese bekommen und behalten, die nach vierzig Jahren noch funktionsfähig ist.
* So viele liebe Menschen auf dem Weg getroffen, die mich auf den verschiedenen Etappen begleitet haben.
* Und alles, was ich mir von ganzem Herzen gewünscht habe, ist in Erfüllung gegangen.

Danke für meinen Knochenkrebs!

Dem Tod so nahe zu sein, hat mich den wahren Wert des Lebens erkennen lassen und mir erlaubt, es intensiv zu leben!

Danke für diese besondere und nur für mich gemachte Endoprothese, die ich all die Jahre behalten konnte, was nicht selbstverständlich ist.

Das hat mich großen Respekt gelehrt vor denen, die ihren Arm nicht retten konnten und nun ohne ihn leben müssen.

Danke für all die lieben Menschen, die es mit mir ausgehalten haben, mich begleiten und mein Leben mit ihrem Dasein bereichern.

Danke für alle diese erfüllten Wünsche, die mich glücklich machten, fröhlich, stark und zufrieden.

Für die kleinen Wehwehchen, die mich täglich daran erinnern, dass andere Menschen auch Hilfe und Liebe brauchen. Und dafür, dass Du mir die Möglichkeit gibst, ihnen zu helfen.

Danke, dass ich die Welt sehen, erleben und erfahren kann.

Etwas Besseres als diesen Knochenkrebs, hättest Du mir nicht geben können!

Zeitfracht Medien GmbH
Ferdinand-Jühlke-Straße 7
99095 Erfurt, Deutschland
produktsicherheit@kolibri360.de